सपना

PREM PRASANGON PAR ADHARIT
MARMIK UPANYASH

चरन सिंह

Made with ♥ on the Notion Press Platform
www.notionpress.com

माता पिता को

जिन्होंने मुझे इतना काबिल बनाया की मैं किताब लिख सका

पत्नी पूजा, बेटी आराध्या, बेटे अर्पित

को

जिनका समय मैंने लिखने ने गँवाया

सपना और यस

को

जिनकी ये कहानी है

क्रम-सूची

प्रस्तावना

यह कहानी प्रेम और समाजिक बन्धनों पर आधारित उपन्यास है| समाज और रिश्ते की मर्यादा को बचने के लिए जो अपने प्रेम को त्यागने वाले प्रेमी बहुत काम ही मिलते हैं | मन को छू लेने वाली कहानी है सपना | यह उपन्यास प्रेम प्रसंगों पर आधारित मार्मिक उपन्यास हैं |

यह कहानी एक सच्ची घंटना पर आधारित है | लेकिन इस कहानी के किरदारों के नाम बदल दिए गए हैं जिससे यह कहानी पढ़ कर किसी के दिल को ठेस न पहुचे|इस कहानी का मुख्य उद्देश यह हैं की आज भी बच्चे समाज के डर से अपने प्यार का त्याग कर देते हैं |

भूमिका

अगर लोग न होते, तो प्यार न होता,और अगर प्यार न होता तो यकीनन यह कहानी न होती | ऐसी कहानियां हर एक गरीब माँ-बाप के घर से जरुर निकलती हैं | जिन्हें हर आदमी बखूबी जानता हैं समझता हैं | जो अपनी बेटी की शादी में दहेज़ न दे पाने की वजह सेअपनी लडकी की शादी किसी आवारागर्द लड़के से, या फिर शराबी और जुआरी लड़के से, या फिर किसी बुजुर्ग आदमी से कर देते हैं | ऐसे ही ये कहानी मेरे आँखों के सामने पनपी – पली बड़ी हुई और फिर मेरे जहेन में घर कर गयी| मैं इस कहानी को सालो तक अपने कंधे पर लादे हुए फिरता रहा|कभी मन करता इस कहानी को शब्दों में उतारकर लोगों तक पहुचाया जाये|कभी मैं बेपरवाह हो जाता था कि ऐसी कहानियां हर रोज तो पैदा होती हैं और दम तोड़ देती हैं | यह कहानी नहीं हैं सच्ची घटना हैं | जिसका मैं साक्षी हूँ मैंने देखा है |मैं जिसे देखकर दुखी भी हुआ हूँ|

फिर मैंने एक दिन हिम्मत करके इस कहानी को किताब का रूप देने की पहल शुरू ही कर दी| कई महीनो की मेहनत के बाद यह कहानी पूरी हुई |

सपना उपन्याश एक सच्ची कहानी पर आधारित उपन्याश है | यह एक प्रेम और सामाजिक बन्धनों को मानकर अपने प्रेम को त्यागने की कहानी है | यह प्रेम कहानी एक शादी के माहौल से उत्पन्न हुई है | सपना सुंदर और चंचल लड़की है | जिसे यस शादी का कार्ड बाँटते समय मिलता है | उनको पहली नजर में ही प्यार् हो जाता है | फिर दोनों बिना बात किये हुए,एक दुसरे को भूल जाते है | शायद इस लिए भूल जाते हैं की अब वो दोनों कभी मिल भी नहीं पाएंगे | लेकिन खुदरत ने प्यार बनाया हैं तो वही मिलने और बिछड़ने का संजोग भी लिखता हैं | घडी की सुई फिर से उस समय पर आती हैं जब दो आशिकों के मिलने का समय लिखा गया था| सपना और यस दोबारा मिलते है, और फिर उनका प्यार परवान चढ़ता है |

यह कहानी दिलचस्प और दिल को छूनेवाली हैं सपना और यस के प्यार में आगे क्या होता है जानने के लिए पढ़े सपना प्रेम प्रसंगों पर आधारित उपन्याश |मुझे आशा है की यह उपन्याश आप लोगो को जरुर पसंद आएगा |

1

बेटियों को आज तक समाज ने यही सिखाया हैं, जो रिश्ता पिता ने बेटी के लिए चुना हैं| वही रिश्ता उसे मानना पड़ेगा,चाहे फिर वह लड़का जुवाडी हो, या शराबी हो,या फिर नल्ला ही क्यों न हो|या फिर लड़का उस लड़की के बाप के उम्र का ही क्यों न हो | बेटी तो बेटी होती हैं या कहे गाय होती हैं जब चाहे, जिससे चाहें, उसे किसी भी खूंटे से बांध दो | वो बिना कुछ कहे ही चली जाएँगी | वो कभी मना नहीं कर पाती हैं| मना कर भी कैसे पाएंगी, उन्हें अपने पिता की इज्जत प्यारी हैं, उन्हें अपने पिता की आर्थिक स्थित तो मालूम ही रहती हैं, उन्हें तो पता होता है जब तक लोग दहेज़ की मांग करते रहेंगे, तब तक हमारे देश में गरीब की बेटी किसी शराबी, नशेडी, नल्ले व अधेड़ उम्र के आदमी के साथ ब्याही ही जाएगी | चाहे पिता कितनी भी कोशिश कर ले, लेकिन बेटी के मन मुताबिक रिश्ता नहीं कर पाता हैं | ये न जाने कब की कुरीत हमारे साथ जोक की भांति लिपटी हुई हैं, जो हर एक गरीब पिता के खून को चूस रही हैं | हर एक बेटी की इच्छाओ का दमन कर रही है | दहेज़ जैसे कुप्रथा की वजह से न जाने कितनी बेटियां अपनी इच्छाओ को दबाकर अपना सब कुछ, अपनी खुशियाँ, अपना अल्हड़पन,अपनी हंसी, अपनी जिन्दगी, अपने सब अरमान, अपने सपने सब पिता के किये हुए रिश्ते पर निक्षावर कर देती हैं | फिर चाहे उन्हें जिन्दगी भर रोना ही क्यों न पड़े |

बेटियों को पता रहता हैं कि मेरे पिता मेरे लिए दस लाख रूपए दहेज़ तो दे नही पाएंगे, फिर मेरे लिए अच्छा सा लड़का कहाँ मिलेगा, अच्छा घर और वर मेरे नसीब में हैं ही नहीं | और वो अपने माता-पिता और भाई के इच्छा अनुसार शादी कर लेती हैं |

आज भी जब बेटी पैदा होती हैं तो कहा जाता हैं लक्ष्मी आई हैं | लेकिन लक्ष्मी के पैदा होते ही पिता लक्ष्मी की शादी के लिए लक्ष्मी इक्कठा करने लगता हैं,उसकी पढाई से ज्यादा उसकी शादी की चिंता सताने लगती हैं,पिता बेटी को पढ़ाता कम हैं,उसकी शादी की टैंशन में गलता ज्यादा जाता हैं | किसान पिता अपनी खेती से दो वक्त का खाना खाकर जो बचाता हैं वो खेत में ही लगा देता हैं अगली फसल उगाने के लिए, फिर उसके हिस्से में बचता हैं आशा की अगली बार फसल अच्छी होगी और मैं अपनी बेटी की शादी के लिए शायद कुछ पैसे जमा कर पाउँगा | इसी आशा में हर गरीब की बेटी जवान हो जाती हैं या कहे शादी योग्य हो जाती हैं फिर.................

जब किसी भी आदमी की बेटी शादी योग्य हो जाती है। तो उसका पिता बेटी की शादी के लिये, लड़को के घर के चक्कर लगाने लगते हैं । बेटी को अच्छा घर और वर मिल जाये । पिता की यही इच्छा रहती है ।

रामखेलावन की भी यही दिली इच्छा थी की उनकी बेटी के लिए एक अच्छा घर और व्र मिल जाये | लेकिन किसी को मुह मांगी मुराद कभी मिली हैं जो उन्हें मिल जाती | मुझे तो नहीं लगता, और अगर वह गरीब आदमी हो तो उसके भगवान भी उसकी मुराद नहीं सुनते हैं, फिर आदमी क्या सुनेगा | उनकी बेटी नीलम भी अब अट्टारहर साल की हो गयी थी । पिता की चिंता दिन ब दिन बढती जा रही थी |

रामखेलावन अपनी बेटी के लिए एक सुंदर और सुशील लड़के की तलाश करने लगे थे । कई गाँव गये अपनी जाति और धर्म के लड़के देखे । कई लड़के पसन्द भी आए । लेकिन लड़के के घरवालो की दहेज की माँग सुनकर रामखेलावन का दिल कांप जाता था वो शिर झुकाए बिना बोले ही वापस आ जाते थे । जब वो कुछ न बोलते थे तो लोग ताने मार कर कहते अपनी हैसियत के घर में लड़का देखिये | जब जेब में पैसे न हो तो अपने से बड़े घर में बेटी के रिश्ते की बात करने ही मत आइये | वो जिस घर में लड़का देखने गए सबसे उनसे पहले दहेज़ कितना दोगे यही सवाल पूंछा गया, रिश्ते की बात तो बाद में आई | इसलिए कहीं बात न बनी। उनकी तलाश अभी भी जारी थी।

रामखेलावन एक गरीब किसान थे । जमीन भी उनके पास कम थी । उनकी खेती से उनके परिवार का भरणपोषण भी ठीक से नही हो पाता था । तो बेटी के लिए दहेज कहाँ से लाते । आज कल की शादी में कम से कम पांच छह लाख रुपये तो होने ही चाहिए । कोई भी लड़के वाला पाँच लाख रुपये से कम दहेज़ माँग ही नही रहा था । उसके बाद रिश्तेदारों को खाना-खिलाना, बारातियों का स्वागत और न जाने कितने खर्च तीन चार लाख और तो लगने ही थे | रामखेलावन ने सोचा था कि डेढ़ दो लाख रुपये उधार लेकर बेटी की शादी कर दूँगा । फिर धीरे- धीरे कर्ज चुकाता रहूँगा,पर कोई लड़का नही मिल पाया जिसके घर वाले दो ढाई लाख में राजी हो जाते।

भला डेढ़ दो लाख रुपये में इस महगाई के जवाने में शादी भी हो सकती हैं,इतना तो आज-कल की शादी के डेकोरेशन में लग जाता हैं,लेकिन ये तो पैसे वालों के लिए हैं,लेकिन जो अपनी बेटी की शादी करने के लिए अपने दो वक्त के खाने को कम कर एक वक्त का खाना खाने लगे उस बाप का क्या ? हर एक पिता की इच्छा होती हैं की अपने बेटी की शादी धूम-धाम से करे | लेकिन उसकी मज़बूरी सिर्फ उसका गरीब होना हैं | जो पिता आज तक बैंक एकाउंट नहीं खुलवा |उसके अकाउंट में पैसा कहाँ से होगा | आज वो पिता बेटी की शादी के लिए लोन लेने के लिए बैंक के चक्कर लगा रहा हैं |

आज कल के इस पढ़े लिखे समाज मे भी गरीब आदमी की बेटी पिता के लिए बोझ ही रहती है।जिसके पास दहेज देने के पैसे न हो।रामखेलावन मन मे सोचते थे,काश मैं भी आमिर आदमी होता, मेरे पास बैंक बैलेंस होता, तो मुझे ये दिन नहीं देखने पड़ते | कभी दुखी

हो जाते तो उन्हें लगता बेटी एक बोझ हैं।मेरे लिए ही नही हर गरीब बाप के लिये,जिसके पास दहेज देने के लिए पैसा न हो।काश इससे अच्छा मेरे बेटी ही न होती | जो पिता ऐसे सोचने लगता है तो जान लो उसके मन में कितना बिछोभ होगा, कितना दुःख होगा वह किसी को कह भी नहीं सकता हैं | उसके आंसू बाहर नहीं निकलते हैं लेकिन उस पिता के ह्रदय को तेजाब बनकर गला देते हैं |यही हाल रामखेलावन का था वह अन्दर ही अन्दर गले जा रहे थे | वो हार चुके थे,उन्हें कोई रिश्ता नही मिल पा रहा था|

एक दिन रामखेलावन एक लड़के को देखने गए, या कहे एक बूढ़े को देखने गए | जिसकी उम्र चालीस-पैंतालिस वरस से कम नहीं थी उस आदमी का नाम महेश था।महेश की पहले शादी हो चुकी थी।उसकी पत्नी अज्ञात बीमारी की वजह से इस दुनिया मे नही रही।महेश विधुर था, लेकिन उसका ठाठ-बाठ अच्छा था|

महेश को एक बेटा भी था,जिसका नाम किशोर था।महेश अपने माँ-बाप का इकलौता बेटा था,वरना आज के ज़माने में जमीन बंट कर के एक दो बीघे से ज्यादा किसी के पास नहीं बची थी | महेश के पास जमीन लगभग 15 बीघे थी,घर भी अच्छा था।महेश के बूढ़े माता-पिता दोनों उसके साथ ही रहते थे।कोई राजवाडा परिवार तो नहीं था लेकिन परिवार सम्पन्न था।कुल पेड़ भी ठीक था। किसी भी चीज की कमी नही थी,साथ मे महेश एक दुकान भी चलता था।महेश की कमाई भी अच्छी हो जाती थी।सब कुछ होते हुए भी रामखेलावन को महेश पसंद तो नही आया था । लेकिन जब महेश के पिता ने कहा हमारी दहेज की कोई माँग नहीं हैं ।सिर्फ हमारे बेटे का घर दुबारा बस जाये, यही हमारी इच्छा थी।भगवान का दिया हुआ सब कुछ हैं हमें सिर्फ एक बहु मिल जाती तो फिर से हमारे घर में खुशहाली आ जाती |

महेश के पिता मंझे हुए खिलाडी थे उन्हें पता था कि राम खेलावन के पास दहेज़ देने के पैसे तो हैं नहीं वरना वह हमारे घर में महेश को देखने नहीं आता | उन्होंने रामखेलावन की दुखती रग को पकड़ लिया था,उन्होंने दहेज़ न लेकर जैसे रामखेलावन पर अहसान कर दिया हो | शायद अहसान ही कर दिया था अपने विधुर लड़के की शादी में दहेज़ नहीं ले रहे हैं | रामखेलावन झट से शादी करने के लिए राजी हो गए | उन्होंने यह भी नहीं सोचा कि उनकी बेटी अभी अठ्ठारह वर्ष की हुई हैं और महेश चालीश पार कर गया |

रामखेलावन को तो एक राहत मिली थी कि सिर्फ महेश की उम्र ही ज्यादा है, बांकी तो सब कुछ ठीक-थक ही हैं | मेरी बेटी खुशहाल जीवन जियेगी, वह महेश के घर में रानी बन कर राज करेगी | उन्हें यह मालूम होते हुए भी नहीं समझ पाए की सिर्फ धन-दौलत के आलावा भी बेटियों को और बहुत कुछ चाहिए | अपनी सहेलियों में अपनी पति की तरीफ कर सकें, बेटी का पति उसके हम उम्र होना चाहिए,उसके बाप के उम्जिर का नहीं | बेटी जिसके साथ चले तो उन्हें चलने में गर्व महसूस हो, जो उनका जीवन भर साथ दे सकें,पिता उम्र पति नहीं होना चाहिये, वह अपने सहेलियों से उसके बारे में कैसे बात कर सकती हैं | वह कैसे कह सकती हैं की उसे अपने पति में पिता दिखता हैं | वह अपने बूढ़े पति की बांहों में भी जाने से डरेगी | लेकिन राम खेलावन कर भी क्या सकते थे उनके पास पैसा था नहीं, और बिना पैसे

के बेटी के सपनो जैसा वर वो खरीद नहीं सकते थे | उन्हें पिता का फर्ज निभाना था जिसे वो निभा रहे थे | ऊँच नीच तो किस्मत के हाथ में होता हैं वो अच्छा चाह कर भी अच्छा नहीं कर पा रहे थे |

रामखेलावन ने पंडित को बुलाकर नीलम और महेश की कुंडली मिलवा ली जो कुंडली नही भी मिल रही थी उसे पैसे देखकर मिला लिया गया | शादी की तारीख भी निश्चित हो गयी।सब कुछ आननफानन में हो रहा था ।राम खेलावन को भरोषा ही नहीं हो पा रहा था की उन्हें अपनी बेटी के लिए इतना अच्छा घर मिल गया हैं लेकिन वर थोडा उम्र दराज हैं | थोडा क्या वह तो ज्यादा ही उम्र का हैं वह यह नहीं सोच पा रहे थे | उन्हें सिर्फ यही खुशी थी उनकी बेटी को अच्छा घर मिल गया हैं वर को तो वो खुद ही एडजेस्ट कर लेगी | कुछ दिन उसे अजीब लग सकता हैं लेकिन फिर उसे इन सब की आदत हो जायेगीं |

रामखेलावन जब बेटी की शादी तय कर चुके तब यह खुशखबरी अपने बेटे रमेश को बताना चाहा | रमेश जो मुम्बई में प्राइवेट कम्पनी के काम करता था। वह अपनी बहन की शादी के लिए पैसा कमाने गया था | रमेश को जब पता चला की उसकी बहन की शादी तय हो गयी हैं तो उसके ख़ुशी का ठिकाना नहीं रहा | वह लड़का को देखने नही आ सका था क्योंकि उसे अपनी छोटी बहन की शादी के लिए और पैसे कमाना था। राम खेलावन तो जानते ही थे की रमेश कितना भी कमा कर लाए, पांच-दस लाख रुपये दहेज में देने के लिए नहीं हो पाएंगे | इसीलिए उन्होंने सारी बात अपने बेटे रमेश को बता दिया थालड़के का घर कैसा हैं,कितने बीघे खेत हैं,लड़का दुकान चलता हैं| शिवाय महेश की दूसरी शादी और उसकी उम्र के |

रामखेलावन अपने बेटे से बोले-"बेटा लड़का होनहार हैं,सुंदर और सुशील हैं, पन्द्रह बीघे जमीन हैं उसके हिस्से में| कपडे की दुकान भी हैं, अच्छा घर- परिवार हैं | घर बड़ा आलिशान बना हुआ हैं | हमारी बिटिया राज करेगी वहां पर,लेकिन वो महेश की उम्र नहीं बता पाए,या छिपा लिए थे उन्हें डर था की लड़के उम्र जानकर कही रमेश रिश्ते के लिए मना कर दे |"

रमेश भी अपने पिता की बात सुनकर बहुत खुश हुआ,वह जैसा घर अपनी छोटी बहन के लिए चाहता था | जब उसने वैसे घर के बारे में सुना तो वह बहुत खुश हुआ | उसकी फूल जैसी बहन जिस घर में जायेगी वह उस घर को स्वर्ग बना देगी | यह सोचकर रमेश बहुत खुश था | रमेश को ऐसे लगा की भगवान ने मेरी विनती सुन ली हैं | मैं जैसे घर और वर अपनी बहन के लिए चाहता था उसको वैसे ही मिल गया हैं | उस दिन से रमेश दोगुनी मेहनत करने लगा था, उसे अपनी बहन की शादी जो धूमधाम से करनी थी | उसे बहुत सारा पैसा इकठ्ठा करना था |

नीलम बारहवीं कक्षा पास कर चुकी थी । उसके पिता ने बड़ी मेहनत से उसकी पढाई बारहवी तक करवा दिया था,लेकिन अब वो नीलम की आगे की पढाई न करवा सकते थे | अब उनकी एक ही इच्छा थी की बेटी का ब्याह करके गंगा नहा ले बस | जीवन सार्थक हो जाये | नीलम की माँ उसे बचपन में ही छोडकर भगवान के पास चली गयी थी । फिर भी वह घर के कामों में निपुण थी। वह सुंदर और शुशील स्वभाव से परिपूर्ण लड़की थी।वह पिता के

हर फैसले को मानती थी। जब उसके पिता उसकी पढाई बंद करवा दिये तो वह चाह कर भी नहीं कह पायी की मुझे और आगे पढना हैं |

नीलम कह भी कैसे पाती,उसकी बारहवी तक की पढाई के लिए उसके पिता कभी भी समय पर फ़ीस नहीं दे पाए थे | कभी-कभी तो वो कई लोगों के सामने हाथ फैलाते थे की बेटी की फ़ीस के पैसे देने हैं दे दो मैं कुछ दिन में वापस कर दूंगा |लेकिन आदमी का क्या है पैसा चाहे न दे लेकिन नसीहत जरुर दे जाते थे | जब फ़ीस नहीं दे सकते हो तो पढ़ाते ही क्यों हो अपनी बेटी को |और तो और पढ़ लिख कर कौन सा कलेक्टर बन जाएगी | उसकी शादी कर दो, उसे तो अपने पति की सेवा ही करनी हैं | फिर पढाई करा कर पैसे क्यों बर्बाद करना, वही पैसा उसकी शादी में काम आ जायेंगे |

नीलम लोगों के ताने और मशवरा सुन-सुन कर थक चुकी थी या कहो डर रही थी कि अगर वह आगे की पढाई की बात अपने पिता या भाई से कहती भी हैं तो उसे फिर से वही ताने सुनने पड़ेंगे | जिसे सोचकर ही उसका दिल एक अनजाने डर से काँप जाता था | जिसके लिए वह कभी तैयार नहीं रहती थी | तैयार भी कैसे रहती माँ होती तो उनसे बोल पाती की उसे आगे की पढाई करनी हैं,उसे ग्रेजुएशन करना हैं | वह पिता से कभी ज्यादा बोल ही नहीं पायी थी तो अब कैसे बोलती ?

नीलम को पता था की आज के ज़माने (बी ए) और (बी एस सी) करने में, एक साल में कम से कम पंद्रह से बीस हजार का खर्चा लगेगा | जो की मेरे पिता के बस की बात तो है नहीं, फिर बोल कर क्या फायदा | रामखेलावन ने बोल भी दिया था की बेटी अब इससे आगे की पढाई हम तुम्हे नहीं करा पाएंगे | अब तुम घर का काम-धाम देखो वही तुम्हारे काम आएगा | जब पिता ने पहले ही अपने हाथ खड़े कर लिए थे तो नीलम ने अपने भाई से भी नहीं कहा की उसे और पढाई करना हैं | उसे अभी शादी नहीं करना हैं क्योकि उसके पिता उसकी शादी के लिए लड़का ढूढने लगे थे |

नीलम को देखने के लिए महेश नहीं आया था, आये थे तो सिर्फ महेश के माता-पिता | महेश के पिता बुजुर्ग आदमी थे उनका तजुर्बा भी बहुत था | वो जानते थे की अगर महेश लड़की को देखने गया तो लड़की उसकी उम्र देखकर शादी करने से मना कर सकती हैं | शायद महेश नीलम को देखने आता तो नीलम महेश को देखकर उससे शादी करने से मना भी कर देती | महेश की उम्र उसके पिता की उम्र के बराबर ही थी | आजकल की लड़कियां बहुत आगे निकल चुकी हैं,उन्हें निकलना भी चाहिए | जिस देश की बेटी चन्द्रमा तक जा चुकी हो,उस देश की बेटियों को आगे निकलना ही चाहिए | उनको जो पसंद वो उसे अपनाये, जो नपसंद हो उसे मना करने का तो हक़ होना ही चाहिए | बूढ़े आदमी के लिए उसके उम्र की औरतें मिल ही जाएँगी | फिर नीलम जैसी लडकियों को उनके पल्ले क्यों बांधना|

आज के पढ़े लिखे ज़माने में हर एक सक्स के हाथ में एक मोबाइल तो होता ही हैं,किसको किस्से बात करनी हैं यह अपनी मर्जी पर निर्भर करता हैं |आजकल की लडकियों के कम से कम एक ब्याय फ्रेंड तो होता ही है | उससे ज्यादा हो जायें कोई आश्चर्य की बात थोड़े ही हैं |

लेकिन ब्वाय फ्रेंड न हो आश्चर्य की बात हैं | लेकिन आज भी नीलम के पास मोबाइल नहीं था |न ही उसे मोबाइल की जरुरत थी | वह अपने पिता के मोबाइल से अपने भाई रमेश से बात कर लिया करती थी |उसकी यही जिंदगी थी |कभी-कभी अपनी सहेलियों को मोबाइल पर बात करते देख उसका भी मन करता था कि वह भी किसी से बात करे | वह अपने मन को समझती थी कि जब उसकी शादी होगी तो वह अपने पति से जी भरकर बातें करेगी | दुसरो से क्या बाते करना, और तो और उन बातों से बदनामी भी होती हैं | वह अपने फ्यूचर के सपनो में मस्त थी |

अब जब नीलम और महेश की शादी तय हो गयी।तब से नीलम के मन में कुछ-कुछ जिज्ञासाएं पनपने लगी थी उसकी हार्दिक इच्छा होती थी की वह महेश को एक बार देख ले,वो कैसा है,अगर वो महेश को देख भी न पाए तो उसकी एक तस्वीर ही मिल जाये जिसे देखकर वह अपने सपने बुन सके | वह महेश की फोटो को अपने तकिये के नीचे छुपाना चाहती थी, वह हर रात सबसे छुपकर महेश के फोटो को चूमना चाहती थी,उसे भरपूर देखना चाहती थी, वह महेश के फोटो से बात करना चाहती थी |वह महेश के फोटो को अपनी सहेलियों को दिखाना चाहती थी | वह चाहती थी की आज कल के लड़के शादी से पहले अपनी मंगेतर से फोन पर बात करते हैं | वह भी महेश से बातें करे | उसके पास महेश का नम्बर तो था नहीं इसलिए वो महेश के फोन का इंतजार करती थी | हर रोज अपने पिता का मोबाइल अपने पास रखती थी की शायद महेश का फोन आ जाये और वह कॉल मिस न कर दे | ऐसी इच्छा सिर्फ नीलम की ही नहीं हर एक लड़की की होती हैं जिसकी नयी-नयी शादी फिक्स हुई हो |

नीलम बचपन से अकेली रही थी अब उसे एक साथी चाहिए था जो उसकी भावनाओ को समझे,वह जिससे कंधे से कन्धा मिलकर चल सके | वह जिसका अपनी सहेलियों में गुडगान कर सके | बस इतनी छोटी सी इच्छा थी नीलम की | वह महेश के फ़ोन का इंतजार करती थी न महेश का फ़ोन आना था न आया | नीलम को इंतजार करना था जो करती थी |उसे जो नहीं पता था कि उसका होने वाला पति उसके पिता की उम्र का हैं उसके पिता को उससे छुपाना था जो छुपा रहे थे | जब नीलम उसको पता चलेगा तो उसका दिल टूटने वाला था जो टूटेगा | भगवान जो ऊपर से देख रहा था वह खुश हो रहा था या नहीं | उसने ही हम सब की जिन्दगी का हर एक पल लिखा हैं उसे ही मालूम होता हैं आगे क्या होगा |

रामखेलावन ने बेटी का सौदा तो कर ही चुके थे,यह सौदा वो अपने स्वार्थ के लिए नहीं किये थे,वो अपनी बेटी की ख़ुशी के लिए यह सौदा किये थे | उन्हें यह पता था की उनकी बेटी महेश के घर की रानी बनेगी |लेकिन वह खुश रहेगी वो यह सोच ही नहीं पाए थे |उन्होंने नीलम की पसंद भी नहीं पूंछा था | उसकी रॉय भी नही ली थी।शादी की शुभ लगन भी पंडित जी से निकलवा ली गयी थी । सभी रिश्तेदारो को शादी का निमंत्रण भी भेजा जाने लगा था । नीलम अभी तक बेखबर सजन के सपने देखे जा रही थी |

नीलम को पता भी नही था कि उसका होने वाला पति चालिश साल का अधेड़ उम्र का आदमी हैं। वो तो बस यही सोचे जा रही थी | जैसे दिल वाले दुल्हनिया में राज सिमरन को

लेने आया था वैसे महेश मुझे लेने आएगा | कितने सुहाने सपने होते हैं यह तो सपना देखने वाला भी नहीं बयाँ कर सकता हैं |वह तो खुशहाल थी कि मेरा जीवन साथी हमदम हमउम्र होगा । हमारी जोड़ी भी सभी सहेलियों की तरह ही होगी । हमारी जोड़ी भी राज और सिमरन की जोड़ी से कम नहीं होगी | आजतक किसी के सपने पुरे हुए थे जो नीलम के सपने पुरे होते ?

जब कोई बहुत ही खुश होता हैं तो आप समझ ले कि वह ख़ुशी आपके पास बहुत दिनों तक नहीं रह सकती हैं, खुशिया हर एक इन्शान के पास दो चार दिन या एक दो महीने ही आपको अपने गले लगाती हैं फिर जब जाने लगती हैं तो एक बार आपको रुला कर रख देंगी | दिल टूट जाता हैं कुछ अजीब करने का मन करता हैं | आप इतना टूट जाते हो की अपने अस्तित्व को भी मिटाने तक का फैसला ले सकते हो | समय हर एक अच्छे बुरे फैसले लेने के लिए आपको मजूर करता हैं, फिर वही समझाता हैं की गलत फैसला कभी नहीं लेना चाहिए | जो किस्मत में लिखा हैं वाही होना हैं हमारे साथ में |

नीलम के साथ भी ऐसा ही होने वाला था | नीलम की सहेली करुणा एक दिन उसके घर आई | करुणा ने नीलम से कहा –"नीलम तुझे पता हैं की नहीं ?"

"क्या पता हैं, बताएगी तभी तो मैं बताउंगी की मुझे मालूम हैं की नहीं |"

"यार कैसे बताऊँ तू मुझसे नाराज न हो जाये?"

"तू नहीं बताएगी तो मैं जरुर नाराज हो जाउंगी|"

"यार बताऊं की नहीं बताऊँ, कुछ समझ में नहीं आ रहा हैं|"करुणा फिर से बोली|

"तू पहेलियाँ बुझाने के लिए आई हैं तो मत बता|वरना मुह खोल और बता दे |" नीलम ने कहा |

"अरे यार वो बात नही हैं,मैं तो बताने ही आई हूँ | तेरी शादी एक बूढ़े आदमी से तेरी बाऊ जी ने तय की हैं,आज मेरे बाबू जी मेरी माँ से कह रहे थे, कि रामखेलावन अपनी बेटी को बूढ़े बैल के कंधे बांध रहा हैं|और तो और वह लड़का दुइजाहा हैं | उसकी पहली पत्नी मर चुकी हैं,उसका एक बेटा भी है | यह बात मैंने सुन ली और तुझे बताने चली आई | लेकिन मेरी हिम्मत नहीं हो रही थी,मैं सोच रही थी कि तुझे इस बारे में बताऊँ की न बताऊँ | फिर मैंने सोचा बाद में बताने से अच्छा हैं की समय पर बता दूँ|आगे तेरी मर्जी | बाद पछताए होत का जब चिड़िया चुंग गयी खेत |

औरतों और लड़कियों को बात कहाँ पचती हैं जो करुणा को पचती | चाणक्य ने कहा हैं की हर एक बात औरतो को नहीं बताना चाहिए क्योकि उनके पेट के कोई भी बात नहीं पचती हैं | वो बने काम को बिगाड़ सकती हैं,सारा का सारा भांदाफोर करा सकती हैं |आपस में लड़ाई लगवा सकती हैं |बने रिश्ते को भी तोडवा सकती हैं | करुणा जब से नीलम की शादी की बात अपने बाबू जी से सुनी थी, तब से उसके पेट में हलचल सी हो रही थी | उसे उबाई सी लग रही थी जैसे की वो यह बात नीलम को नहीं बता देगी, तब तक उसका खाना नहीं पचने वाला था | इसीलिए वो आ गयी थी नीलम के सपनो में आग लगाने और वो साडी बात उगल कर

नीलम के सपनो में आग लगा भी चुकी थी |

एक पल के लिए करुणा की बात सुनकर नीलम सहम सी गयी | उसके पैरो के निचे की जैसे जमींन खिशक गयी हो,वह बैठे-बैठे ही गिर गयी | जैसे उसकी सांसे रुक गयी हो | एक पल के लिए उसे कुछ समझ में नहीं आया की उसके साथ ये क्या हो गया | उसे बार- बार करुणा की एक ही बात सुनाई दे रही थी, कि रामखेलावन अपनी बेटी को बूढ़े बैल के कंधे से बांध दिया हैं | वह आदमी दुइजाहा हैं उसकी पहली पत्नी किसी रोग के करण मर गयी हैं उसके एक बेटा भी हैं | वह मन में ही सोचने लगी कि मेरे बाऊ जी ऐसे कैसे कर सकते हैं | कम से कम मुझे एकबार तो बोल ही सकते थे की बेटी, मैंने बहुत से लड़के देखे हैं, लेकिन उनको दहेज़ देने के लिए मेरे पास पैसा नहीं हैं | मैं मजबूर हूँ,इसलिए मैं तेरी शादी एक ज्यादा उम्र के आदमी के साथ कर रहा हूँ | क्या मैं अपने पिता के दिल की बात नहीं समझती ? क्या मैंने कभी उनकी बात काटी हूँ जो आज काटती ? नीलम आज पहली बार अपने आप को सबसे अकेला महसूस कर रही थी | आप उसे अपनी माँ की बहुत याद आई | उसके आँखों से आंसू बहने लगे थे | अगर माँ होती तो वह उनसे अपने मन का हाल कहकर रो तो सकती थी |माँ होती तो वह उनके कंधे पर शिर रखकर रो सकती थी, लेकिन वो रोये तो किसके कंधे पर शिर रख कर रोये | उसका कोई सहारा भी तो नहीं था जिससे वह अपने दिल का हल कह सकती ?

करुणा नीलम के जीवन में उथल-पुथल मचा कर अपने घर जा चुकी थी | वो तो अंजान से सपनो में खुश थी,कम से कम उसे खुश रहने देना था | जब उसकी शादी हो जाती तो वह महेश के साथ कैसे न कैसे जीवन बिता ही लेती,फिर वह कर भी क्या सकती थी | वह महेश की अर्धांगनी बन जाती तो उसे महेश साथ जीवन बिताना हो होता |

जब सपने टूटते हैं तो न जाने लोग क्या-क्या सोचने लगते हैं, कुछ अच्छे तो कुछ बुरे ख्याल भी मन में आने लगते हैं | आज नीलम के साथ भी यही हो रहा था | कभी वो मन में सोचती थी की मैं कही भाग जाऊ, फिर डर कर सहम जाती थी कि आज तक मैं तो अकेले बाजार भी नहीं गयी हूँ | मैं भागकर कहा जाउंगी,कहाँ रहूंगी,बाहरी लोग तो और भी बुरे होते हैं | किसी का भरोसा भी नहीं कर सकते हैं | लोग लड़कियों का सौदा भी कर देते हैं, हर पल मरने से अच्छा हैं घर में ही फांसी लगाकर मर जाती हूँ न रहेगा बॉस न बजेगी बासुरी |

हर किसी के बस की बात भी नहीं हैं की वह फांसी लगाकर मर जाये | नीलम ने फांसी लगाकर मरने का प्लान तो बना लिया, लेकिन फिर उसके दिमाग में एक ख्याल आया की फ़ांसी से मरने वाले लोगों की आँखे बाहर की तरफ निकल आती हैं जीभ भी लटक जाती हैं,कितना दर्द होता होगा | यह सोचकर उसकी रूह कांप गयी | फिर उसने फांसी लगाकर मरने का भी प्लान कैसिल कर दिया | वह तालाब में डूब कर मरना चाहती थी लेकिन उसे तो तैरना आता हैं फिर वह कैसे डूब सकती हैं | कहा जाये तो वह कच्चे दिल की थी वरना ऐसे वक्त में लड़कियां क्या से क्या कर जाती हैं | ऐसे ही खयालो के साथ नीलम रात भर रोती और न जाने कब सो गयी उसे ही पता नहीं चला |

नीलम जब सुबह उठी तो उसका शिर दर्द से फटा जा रहा था | उसके दिल और दिमाग में करुणा के कहे वही एक शब्द आ रहे थे | रामखेलावन ने अपनी बेटी को बूढ़े बैल के कंधे बांध रहा हैं | जब मेरे बाबू जी मुझसे एक बार ये पूंछा भी नहीं की बेटी मैं तुम्हारी शादी एक बुजुर्ग आदमी से कर रहा हूँ | तो मैं अपना दुखड़ा किसे सुनाऊ | वह दुखी थी पर किसी को जाहिर नहीं होने दिया | वह मन ही मन रोती थी जिससे उसके चेहरे का निखार जाता रहा | वह बीमार सी लगने लगी थी |

2

समय अपनी चाल में चलता रहता हैं, वह हर किसी के दुःख, दर्द और खुशियों को जांचता और परखता रहता हैं | समय वही कहानियां लिखता हैं, उसे जो पसंद हो वही समय कराता हैं या कहे की हर किसी का भाग्य कराता हैं | अब नीलम के भाग्य में क्या लिखा हैं ये न तो उसे मालूम हैं न ही मुझे मालूम हैं | लेकिन सायद समय को मालूम हो या न भी मालूम हो | लेकिन वह हर एक कहानी में एक हीरो जरुर लाता हैं| कभी भाई के रूप में, तो कभी साथी के रूप में, तो कभी आशिक के रूप में | हीरो तो किसी भी रूप में आ सकता हैं|वह तो भगवान के रूप में भी आ सकता हैं |

उस हीरो का नाम हैं यस | यस नीलम के पड़ोसी चाचा जी का बेटा था। नीलम यस को सगे भाई से भी ज्यादा मानती थी और यश भी नीलम को अपनी सगी बहन से भी ज्यादा मानता था|क्योकि यश के बहन तो थी ही नहीं, इसलिए उसकी सगी बहन तो नीलम ही थी |

यश कभी नीलम को दीदी नहीं कहता था और नीलम यश को कभी भईया,या भाई नहीं बुलाती थी |अगर यश नीलम को दीदी कहता तो शायद नीलम कभी भी यश से खुल कर बातें न कर पाती |और यश भी अपनी दीदी से बेहिचक बात न कर पाता | इसीलिए यश नीलम को नीलम कहता था,और नीलम यश को यश कह कर बुलाती थी |नीलम जो बात अपने पिता और भाई से कभी नहीं कह पायी, वह उस बात को यश से खुल कर कह पाती थी | पर आज नीलम करुणा की कही हुई बात यश से भी नही कह पायी। शायद उसने यह सोचा होगा कि मैं तो अपनी शादी की बात से दुखी हूँ अब अपने भाई को क्यों दुःख दूँ|

यश को महसूस तो हो रहा था की नीलम खुश नहीं हैं लेकिन वह यह नहीं जाता था की उसकी शादी एक बूढ़े आदमी से हो रही हैं | रामखेलावन जी अकेले ही लड़का देखे थे और उन्होंने शादी पक्की कर दी थी | यहाँ तक की रमेश ने भी लड़के को नहीं देखा था | रमेश लड़के को देखता भी कैसे वह तो अभी भी मुंबई से नहीं आया था |

रमेश शादी से कुछ दिन पहले ही आना चाहता था जिससे वह कुछ और पैसा कमा सके | बहन की शादी हैं पैसे तो जितने भी हो कम ही पड़ते है,लेकिन जिसके पास पैसा न हो उससे पूंछो उसके दिल में क्या बीतती हैं | रमेश एक-एक पैसा जोड़कर अपनी छोटी बहन की शादी के लिए इक्कठा कर रहा था |वह ओवर टाइम भी कर के जितना हो सके उतना पैसा इक्कठा करने की कोशिश कर रहा था | वह पाई- पाई जोड़कर अपने बहन की शादी के लिए सपना

देख रहा था,जिससे उसकी बहन हर पल खुश रहे |आज की उसकी मेहनत और कमाई उसकी बहन के लिए जिन्दगी भर की खुशियाँ देने वाली थी | उसका मन तो कर रहा था था की मैं भी महेश को देख लूँ | फिर उसने सोचा की अभी कौन सी जल्दी हैं शादी में मैं महेश को देख ही लूँगा |

समय अपनी रफ़्तार से चलता रहा उसे किसी के साथ की न जरूरत होती हैं न किसी के इंतजार की जरुरत होती हैं | वह मन मौजी मस्तमौला अपनी धुन में चला आ रहा था | इसलिए अब नीलम की शादी के दिन भी नजदीक आ गए थे |

रमेश तिलक से दो दिन पहले आया। उसे देखकर नीलम की आँखों में आँसू आ गए।वह भाई के कंधे पर शिर रखकर बहुत रोई ।लेकिन रमेश यह बात समझ नहीं सका उसकी बहन रो क्यों रही है।उसने सोचा की बहुत दिनों बाद बहन मिली है इसलिए आँसू छलक आये होंगे।बहन के आंसुओ को देखकर भाई के भी आँसू निकल पड़े थे |भाई को रोता देखकर बहन ने अपने दुःख को अपने अंदर पी गयी | नीलम रमेश से कुछ कह नहीं पायी| बहन को खुश देखकर भाई शादी की तैयारी में लग गया|

दो दिन बाद तिलक था इसलिए तिलक का सारा सामान इक्कट्ठा किया जाने लगा।फल-फूल मिठाइयां पहले से बुक करा दिए गए।सूखे मेवे और साड़ियां ख़रीदे लिए गए।कई रिश्तेदारों को और रमेश ने अपने घनिष्ट साथी संगातियो को तिलक में चलने का न्योता दे दिया था|

आज तिलक का दिन भी आ गया| नीलम को छोडकर पुरे घर में ख़ुशी थी|सारी तैयारी पहले से हो ही रखी थी इसलिए रिश्तेदारों के आते ही तिलक लेकर महेश के घर के लिए सब लोग दोपहर बारह बजे निकल पड़े|

लड़केवालो ने तिलक की पूरी तैयारी कर रखी थी।लड़की वालों के पहुचते ही उनका अच्छा स्वागत किया गया। पानी पीने के लिए मिठाईयां दी गयी|फिर चाय नमकीन की भी व्यवस्था की गयी थी|जब सबका चाय नास्ता हो गया तो तिलक की तैयारी सुरु हो गयी|

कुछ देर बाद तिलक चढ़ने लगा,तब रमेश ने महेश को देखा तो वह भौचक्का रह गया।नीलम और महेश की जोड़ी किसी तरह से मेल नही खा रही थी।रमेश ने उसी समय शादी न करने का मन बना लिया उसने यश की तरफ देखा| यश भी कुछ बोल नहीं पाया| दोनों एक दुसरे को देखकर अपने अंदर के आग को निगल गए|

तिलक का कार्यक्रम समाप्त हो गया।सभी ने खाना खाया और वापस आ गये।घर पहुचते ही रमेश पिता रामखेलावन से गुस्से में बोला -"ये शादी नहीं हो सकती हैं |नीलम और उस आदमी उम्र भी नजर नहीं आयी आपको|आपके अंको में पत्थर पड़ गया था क्या ?

"बेटा जिनकी जेब खली होती हैं उन्हें अपनी बहन और बेटी के लिए अच्छे घर-वर नहीं मिलते हैं|क्या मैंने कोशिश नहीं की हैं की मेरी बेटी के लिए अच्छा लड़का मिल जाये| लडको के घर के चक्कर लगाकर मेरे एडियाँ घिस गयी हैं |आठ दस लाख दे सकता हैं तो बात कर वरना जहाँ मैंने अपनी बेटी की शादी तय की हैं वही होने दे|"रामखेलावन ने कहा |

आठ दस लाख सुनकर रमेश शांत हो गया| दो शाल में बड़ी मुस्किल से उसने डेड लाख रुपाया ही कमाया था|इसलिए सात आठ लाख रुपये कमाने के लिये लगभग दस से बारह साल और लग जायेगे| जब रमेश शांत हो गया तो पिता के बहुत समझने पर रमेश मान गया। रामखेलावन ने कहा -"लड़के की उम्र ही तो ज्यादा है उसका घर बार सम्पन्न है।हमारी बेटी खुश रहेगी और दहेज भी तो कम लगेगा।लेकिन अब भी रमेश का मन शादी करने को गवाही नही दे रहा था।फिर भी मज़बूरी के सामने रमेश को झुकना पड़ा|"

यश कई दिनों से नीलम से नहीं मिला था।आज वः रमेश से मिलने उसके घर पहुच गया|यस और रमेश दोनों भाई के साथ साथ दोस्त भी थे। दोनों की दोस्ती एक मिसाल थी।रमेश ने यश से कहा,"कुछ बचें रिश्तेदारो को हम दोनों शादी के कार्ड बाटने चलते हैं|

यश ने कहा:-ठीक है रमेश,कल सुबह से हम निमन्त्रण कार्ड लेकर सभी रिश्तेदारो तक पहुंचाने का काम करेंगे।

सुबह होते ही यस और रमेश शादी का कार्ड लेकर निकल पड़े।रामखेलावन के एक दूर के रिश्तेदार जो उत्तर प्रदेश के फतेहपुर जिले में रहते थे।उनको भी शादी का निमंत्रण कार्ड देने रमेश और यश गये।जिनका नाम था शिवनरेश।

शिवनरेश के दो बेटे और तीन बेटियां थी।दो बेटियों की शादी हो गयी थी छोटी बेटी सपना शादी योग थी।दोनों बेटों की शादी अभी नही हुई थी।

जब रमेश और यश शिवनरेश के घर पहुचे। शिवनरेश घर में ही मिल गए।दोनों ने शिवनरेश के पैर छुए।फिर उन्ही के पास चारपाई में बैठ गए।तब तक उनकी बेटी सपना पानी पीने को ले आयी।

जब यस की नजर सपना के ऊपर पड़ी हो।तो भौचक्का रह गया।उसकी आंखें खुली की खुली रह गयी।यश सपना को देखता ही रह गया।सपना की भी नजर यश के ऊपर थी।सपना की दोनों आँखे यस को देखती और पलके झुक जाती थी।कुछ ही क्षणों में यस ने अपनी पलके झुका लिया।सपना ने मुस्कुरा दिया।

सपना एक चंचल स्वभाव की लड़की थी।उसका रँग गोरा था।काले लम्बे बाल को वो खुला रखती थी।उसने कुर्ता और जीन्स पहन रखा था।सपना के बदन में नीले रँग की चुन्नी होने से उसकी सुंदरता को और निखार रहे थे।उसकी बड़ी बड़ी काली आँखे उसके चंचलता का प्रतीक थी।उसकी लम्बाई थोड़ा कम थी मगर ईस्वर ने उसके हर एक अंग को बहुत ही इतमिनान से बनाया था।ओ किसी परी से कम नही लग रही थी।उसकी मुस्कान और बात करने का ढंग भी सबसे अलग था।जब वह मुस्कराई,तो यस को उसके ओठ गुलाब की पंखुड़ियों जैसे खिले हुए लगे थे।एक ही नजर में यश सपना की सुन्दरता पर मंमुग्द हो गया था |

सपना ने बोला,:-रमेश भइया लीजिए पानी पीजिए।मैं चाय बना कर लाती हूँ।

रमेश ने बोला,"ठीक है रख दीजिए सपना।सपना पानी का गिलास रख कर चाय बनाने चली गयी।

सपना को जो भी व्यक्ति देखता वो उसका दीवाना हो जाता था।अभी भी यस की दोनों आंखे सपना को ढूढ रही थी।

तब तक सपना चाय का ट्रे लेकर आ गयी ।यस ने चाय का कप उठाया ,चाय गर्म थी।तो यस के हाँथ से थोड़ा चाय गिर गयी।क्योंकि उसका ध्यान सपना की तरफ़ था।तो सपना ने मुस्कुरा दिया।

सपना बोली:-,ध्यान से चाय का कप पकड़िए चाय गरम हैं।और वो मुस्कुराते हुए चली गयी।

चाय पीते पीते यस सपना को देखने की कोशिश कर रहा था।सपना भी घर के दरवाजे से यश को देख रही थी।दोनों एक दूसरे को देखते फिर पलके झुका लेते थे।

रमेश और शिवनरेश जी वार्तालाप के साथ मे सभी चाय का लुत्फ भी उठा रहे थे।चाय खत्म होते ही सपना कप और ट्रे लेने आई।और ट्रे और कप को लेकर,यस की तरफ देखकर पलके झुकाई और चली गयी।

यस के शीने पर एक मीठी सी चोट लगी। वह दुखी हो गया।

रमेश और शिवनरेश का वार्तालाप खत्म होते ही रमेश बोला, यस चले।

यस बोला, हाँ क्यू नही,,,,चलते हैं।दोनों ने शिवनरेश जी के पैर छुए और उनसे वापस जाने की अनुमति लेकर घर से बाहर आ गए।

यस ने अपनी बाइक के पास गया।और बाइक को स्टार्ट कर दिया।रमेश भी बैठ गया।दोनों अपने गाँव के लिये निकल लिए थे |

रमेश ने यस से कहा," भाई यस मुझे नीलम का रिश्ता महेश के साथ पसंद नहीं है।नीलम कहाँ अट्ठार साल की और महेश चालिश का।मैं ये रिश्ता नही होने दूँगा।

यस बोला मुझे भी यह रिश्ता मंजूर नहीं है।पर क्या करे।

यश ने बोला, घर चलते हैं।नीलम से उसकी रॉय पूछते हैं।

रमेश ने कहा, यश भाई माँ होती तो नीलम अपने मन की बात शायद कह पाती।हो सकता हैं वह हमसे न कह पाये।यश तेरी क्या सलाह है।

यश बोला,"रमेश ,महेश का घर परिवार तो अच्छा है।पर हम नीलम से कभी कभी नजर नही मिला पाएंगे।उसके दिल मे हरदम यह बात रहेगीं ।की उसके दो -दो भाई थे उसकी शादी किसी अधेड़ उम्र के आदमी से हुई है।

यश बोला ,कि हर लड़की की ईच्छा होती हैं।कि उसका जीवन साथी उसके उम्र का हो।वह अपने सहेलियों में उसके गुड़गान कर सके।

दोनों मनोब्यथा को उजागर करते हुए घर पहुँच गये।दोनों अपने अपने घर चले गए।अब शादी के लिये दो दिन बचे थे।

आमतौर पर लड़कियाँ शादी को लेकर अंतर्मन से खुश रहती है पर नीलम खुश नहीं थी।शायद उसका भी महेश से शादी का विचार नहीं था।पर अपने दिल का हाल किससे कहे।

दूसरे दिन अचानक यश नीलम के घर पहुँच गया।और बोला नीलम दीदी क्या कर रही हो।नीलम धीरे से बोली , "यश भाई आजकल आते नही हो।

यश बोला,"आप तो शादी करके चली जाओगी।इसलिए अब नही आता।

नीलम ने कहा,तुम लोगों से मैं अभी से पराई हो गयी जो इतनी जल्दी मुझे घर से निकालने में लगे हो।और उसके आंखों में आँसू आ गए।

यस इस बात का प्रतिउत्तर नही दे पाया।और भी बातें होती रही।कुछ देर बाद यस वापस अपने घर आ गया।

महेश भी अपने लिए शादी के कपड़े खरीदने लगा वह शेरवानी सूट,कोट पैंट और पैंट सर्ट बनवा लिए।उसे खुशी थी कि मेरे बेटे को एक माँ मिल जाएगी।बूढ़े माँ बाप को एक बहु।और उसको समय पर खाना बनाने वाली पत्नी।और थके मांदे आने पर एक सहारा मिल जायेगा |

महेश ने बेटे किशोर और माता पिता के लिए भी कपड़े खरीदे।उसने भी अपने सारे रिश्ते दारो को निमंत्रण भेजा। बारात चलते का भी अनुरोध किया था।

महेश ने बैंड बाजा और डीजे भी बारात के लिये बुक किया था।उसने कोई कसर नही छोड़ी थी।

महेश ने किसी भी रिश्तेदार को नही छोड़ा ।न ही किसी पड़ोसियों को जी भरकर खर्च किया है।

महेश अंतर्मन में यह सोचकर खुश रहता था।जब मैं घर आऊँगा तो किसी से अपने दिल का हाल भी बया कर सकता हूँ। मेरा जीवन भी अकेले पन से दूर हो जाएगा।

दूसरी पत्नी के गुजर जाने के बाद महेश का जीवन नीरस हो गया था |अब उसे एक आश जगी थी |

शादी की सारी तैयारियां शुरू हो गई।हलवाई आ गए मिठाइयां बनने लगी।मिठाइयाँ बनने लगी |गाँव के लोग भी महेश के विवाह में बढचढ कर हाथ बंटा रहे थे |सारी तैयारियां हो गयी थी |

दोनों पक्षों में सारी तैयारियों को बखूबी निभाया था |सरे रिश्तेदार खुश थे |वाजाय रमेश ,यश और नीलम के |

रिश्तेदार भी आने लगे सबका स्वागत किया जाने लगा था ।सभी लोग अपने अपने काम मे व्यस्त थे।पूरा घर रिश्ते दारो से भर गया।चारो तरफ सभी लोग अपनी अपनी जिम्मेदारी में व्यस्त थे।किसी को खाना बनवाने की ,तो किसी को रिश्तेदारो को नास्ता करने की,तो किसी को व्याह का मण्डप तैयार करने की जिम्मेदारी दी गयी थी ,सभी अपने अपने काम मे व्यस्त थे।

आज शाम को बारात आनी थी।बारातियो के स्वागत की भी तैयारी चल रही थी।रमेश और यश के मन मे अभी भी शादी को न करने का मन कर रहा था।पर कुछ कर नहीं पा रहे थे और किसी से कह न पा रहे थे।

बारात आ चुकी थी।बारातियो की रहने की व्यवस्था घर से कुछ दूरी पर स्कूल में की गई थी।सभी लोगों ने बारातियो के लिये नास्ते का इंतजाम कर रहे थे।

कई प्रकार की मिठाई, जिसमे लड्डू ,पेड़े,गुलाब जामुन, मेवे का लड्डू,और पनीर का पकौड़ा सामिल था।

सभी बरातियों ने जी भर कर खाया।जो बरती आते गए सभी को मिठाई मिलती गई।सामने एक टेबल पर पानी भरी गिलास से सभी ने पानी भी पी रहे थे ।

महेश शेरवानी में बहुत जंच रहा था।पर उसकी उम्र ही थी जो थोड़ा शेरवानी की शोभा को कम कर रहीं थी, उसके दूल्हे के लिबास को कम शोभित कर रही थी।

दूल्हा तो बीस से पच्चीस साल का नौजवान हो,लम्बे कद कंठी का हो, जो शेरवानी पहने साथ मे मौर मुकुट लगाए तो जमता हैं।बहरहाल महेश भी जम रहा था दूल्हे के लिबास में।साथ मे दस,बीस, पचास, सौ की नोटो(पैसों)की माला भी पहन रखा था।जो उसके धनवान होने को दरसा रही थी।

बारातियो का नाश्ता पानी होने के बाद ,अब अगले कार्यक्रम की शुरुवात हुई।

अगुवसनी की तैयारी होने लगी। अगुवानी के लिये डीजे आगे आगे गाने बजाते हुए चल दिया।सारे बाराती दारू पीकर डीजे के सामने नाचने लगे।कोई बोलता नागिन डान्स करना है।नगीना वाला गाना लगाओ।और नाचते नाचते जमीन में लेट जाते।जमीन की मिट्टी पूरे कपड़ों में लग गयी।एक आदमी रुमाल का बीन बना कर दो तीन नागिनों को खूब नचाया।

फिर बारात आगे बढ़ी।तो दूसरे गाने की धुन में नाच चालू हुआ।इस समय का सबसे लोकप्रिय गाना गज भर पानी बहुत चल रहा था।कभी बाराती आपस मे झगड़ भी जाते।तो कोई दूल्हे को नाचने के लिये पकड़ लाते थे।नाच गानों के साथ बारात घर की तरफ बढ़ रही थी।

गाँव की औरतें दूल्हे को देखने के लिए अपने घरों की छत और दरवाजे पर आ गयी।

दूल्हे को देखकर औरते कहने लगी,रामखेलावन क्या देखकर अपनी फूल सी बेटी को इस अधेड़ उम्र के आदमी के साथ शादी कर रहे हैं।औरतो का तो काम ही है हर काम मे नुक्स निकलने की आदत होती है।लेकिन यह बात आग में घी डालने का काम कर गयी।

यह बात यस और रमेश के कानों तक भी पहुंच गई।रमेश का माथा ठनक गया।

बारात घर तक पहुंच चुकी थीं।लड़की का पिता लड़के को गाड़ी से उतरने गए थे।गाड़ी वाला पाचँ सौ एक रुपये निछावर की मांग की |रामखेलावन ने पैसे दे दिए।तो ड्राइवर ने गाड़ी का गेट खोला और महेश गाड़ी से नीचे उतर गया।

दूल्हा अगुवानी की जगह पर पहुचा।तो तभी रमेश ने सबके सामने बोला हम यह शादी नही करेंग। यह बात दो मिनट में पूरे बारातियों और घरातीयो तक पहुंच गई।

अब बवाल मच गया।तू तू मैं मैं होने लगी।दोनों पच्छ के बुजुर्ग रमेश को समझाने की कोशिश करने लगे ,पर वह नही माना।

रमेश बोला :-आज जो लोगों को कहना है कह ले।पर बाद मे नही कहेंगे कि अपनी बहन की शादी किसी अधेड़ उम्र के आदमी से की है।रमेश का साथ सिर्फ यस ही दे रहा था।

अब बवाल और भी बढ़ता जा रहा था।बराती घर के सामने हंगामा करने लगे ।एक बेवड़े बराती ने रमेश का कॉलर पकड़ लिया।बोला शादी नहीं करेगा तो हम लड़की को उठा ले जायेगे।फिर क्या था यश ने दो थप्पड़ जड़ दिया,उस आदमी को।

अब बारातियों ने मार शुरू कर दिया।तब तक गाँव वाले लोगों भी आ गये फिर क्या था एक दूसरे को जो जिसे पाया जमकर पिटाई हुई।लाठी डण्डे भी चलने लगे इस बीच मे कुछ घराती रिश्तेदार भी पिट गए।सभी बारातियो को वहां से भागना पड़ा।

जब मार शुरू हो गई तो डीजे वाला अपना डीजे लेकर भाग गया।बैंड बाजा वाले भी न जाने कहा छुप है।

महेश और उसके पिता जी ने कहा कि शादी नही करना तो मत कीजिए।कोई जबरदस्ती तो नही है।हम जा रहे हैं।कुछ बुजुर्गों में कहा कि खाना खाकर रात यही रुक जाओ सुबह चले जाना।

महेश ने कहा यहाँ हमारी बहुत व्यजती हुई है।यहाँ रुकना हमारे लिये अच्छा नहीं होगा।और वो पूरी बारात को लेकर रात में ही वापस आ गये।

अब चारो तरफ सन्नाटा था कोई नही दिख रहा था।कुछ लोगों ने खाना खाया कुछ बिना खाये ही थे।रामखेलावन दुखी थे।कुछ बोल नही पा रहे थे।

सिर्फ इतना ही कह रहे थे।इस लड़के ने मेरी नाक कटा दी।अब बेटी की शादी कहा करूँगा।कौन ब्याहेगा मेरी बेटी को।बड़ी दबनामी हो गई।

कुछ बुजर्ग लोगों ने कहा कि शायद भगवान की यही इच्छा रही होगी ।

भगवान हर लड़की के लिये एक बर चुन कर रखता है।समय आने पर उसे जरूर मिल जायेगा।

3

लगभग तीन चार महीने बाद रामखेलावन एक दिन शिवनरेश के यहाँ गये।शिवनरेश को रामखेलावन की मनोदशा मालूम ही थी।दोनों ने राम जोहर किया, फिर आपस मे वार्तालाप होने लगी।

तब तक सपना चाय लेकर आ गयी।दोनों आपस मे बात कर रहे थे।शिवनरेश ने पूछा नीलम का रिश्ता कही फिर से तय हुआ।

रामखेलावन ने कहा:-उस घटना के बाद कई लड़को को देखा पर,कोई लड़के के घर वाले शादी को तैयार नहीं हो रहे हैं।

शिवनरेश, दुखी मत हो रामखेलावन जी मेरा बेटा प्रवीण है।तुम चाहो तो नीलम और प्रवीण की शादी कर देते हैं।

रामखेलावन खुश हो गए,बोले यार दीपक तले अँधेरा मैंने कभी सोचा ही नही था कि,तुमसे नीलम और प्रवीण की शादी की बात करूं।

रामखेलावन ने दुखी होकर कहा,यार लेकिन तुम्हें पता है कि मैं दहेज ज्यादा नही दे पाऊँगा।

शिवनरेश बोले:- मुझे दहेज की लालच होती तो मैं तुमसे इस बात का ज़िक्र ही नही करता।सिर्फ तुम मेरे रिश्ते दारो का जी खोलकर स्वागत कर देना।वही मेरा दहेज होगा। फिर क्या था ।रामखेलावन और शिवनरेश दोनों आपस में गले मिले और फिर रामखेलावन खुशी खुशी अपने घर आ गए।

रमेश मुम्बई फिर चला गया था।उसे बहन की शादी के लिए पैसों की जरूरत थी।पहले का पैसा खर्च हो गया था।नीलम की शादी भी उसने तोड़वा दिया था।

रामखेलावन ने नीलम से कहा,:-बेटी रमेश के पास फोन लगाओ ,बात करनी है।

नीलम ने रमेश के पास फोन लगा दिया।उसने भाई से कुशल मंगल पूछा।और कहा कि भैया पिताजी बात करेंगे।

नीलम ने फोन रामखेलावन जी को दे दिया।उन्होंने सारा वाक्या रमेश को बताया।रमेश खुश हो गया।हमें यह रिश्ता मंजूर हैं।

नीलम भी सुन रही थी।उसके प्रवीण को देखा था ।उसे भी प्रवीण पसन्द हैं।

रमेश ने पिता से कहा:-पिता जी एक बार नीलम की भी रॉय ले लीजिए।उसे प्रवीण पसंद है या नहीं।

रामखेलावन ने उसी समय बेटी नीलम से पूछा, बेटी फतेहपुर वाले शिवनरेश जी के बेटा प्रवीण से तुम्हारी शादी की बात हो रही हैं।तुमने तो प्रवीण को देखा है वह तुम्हें पसंद हैं या नही।

नीलम सरमा कर घर के अंदर चली गयी।पिता तो समझ गए कि,नीलम को प्रवीण पसन्द हैं।

रामखेलावन जी ने यस को बुलाया।और सारी राम कहानी सुनाई।बोले कि फतेहपुर वाले शिवनरेश जी के बड़े बेटे प्रवीण के साथ नीलम का रिश्ता कैसा रहेगा।

यस ने बोला यह रिश्ता तो बहुत अच्छा है।मैं तो उन सभी को जनता हूँ।सभी लोगो का अच्छा स्वभाव है।

यस बोला एक बार नीलम से पूंछ लेते हैं।उसे यह रिश्ता तो मंजूर है।जब यस नीलम से पूछा उसने हाँ में गर्दन हिला दी।

अब यस के खुशी का ठिकाना नहीं रहा।उसे सपना से मिलने का रास्ता दिखाई देने लगा।उधर सपना भी यस से मिलने को बेचैन हो रही थी।

ये इन दोनों का पहली नजर का प्यार था।ये दोनों एक दूसरे को अच्छी तरह जानते भी नही थे।सिर्फ एक बार दोनों का आमना सामना था दोनों को एक दूसरे में आकर्षण हुआ और मन ही मन प्यार कर बैठे थे।

रामखेलावन ने शिवनरेश जी को फोन करके बता दिया।कि हमे अपनी बेटी की शादी प्रवीण से मंजूर हैं।आप को भी हमारी बेटी को देखना है तो आप का स्वागत है।

शिवनरेश जी ने कहा हमने तो नीलम को देख रखा है वह हमें पसन्द हैं।अगर प्रवीण देखना चाहता है तो हम उसे आपके पास भेज देंगे।

शिवनरेश जी ने बेटे प्रवीण से नीलम को देखने की बात कही। प्रवीण एक आज्ञा कारी बेटा था उसने बोला पिता जी आपने तो लड़की को देखा है।फिर मुझे क्या देखने की जरूरत है।आपका फैसला मेरे लिये सही ही होगा।वैसे भी मैं नीलम को जानता हूँ।वह अच्छी लड़की हैं।मुझे देखने की कोई जरूरत नहीं है।यदि बहन सपना और भाई कमलेश देखना चाहते हैं तो ओ देख सकते हैं। उनकी भी सलाह जरूरी हैं।

शिवनरेश जी ने बेटी और बेटे से कहा कि आप लोग रामखेलावन जी की बेटी नीलम को देखना चाहोगे, क्योंकि तुम्हारे भाई प्रवीण की शादी की बात उनके बेटी नीलम से चल रही हैं।

सपना और कमलेश बोले :-पिता जी हम जरूर देखना चाहेंगे।

शिवनरेश जी ने फोन लगाया और बोले:- रामखेलावन जी हमें और प्रवीण को लड़की पसन्द हैं।पर बेटी सपना और बेटा कमलेश को नीलम को देखने की इच्छा जाहिर की है।

रामखेलावन जी ने कहा:-उनका स्वागत है, जब चाहें तब आ जाये।

शिवनरेश जी ने कहा:-शुभ कार्य में देरी क्यू करें।कल ही भेज देता हूँ।

रामखेलावन ने कहा:-ठीक है हम उसका इंतजार करेंगे।

रामखेलावन जी ने यस को बुलाया और और सारा ब्रतान्त का वर्णन कर दिया।कि शिवनरेश जी की बेटी सपना और बेटा कमलेश नीलम को देखने आ रहे हैं कल ,यस बेटा उनके स्वागत की जिम्मेदारी तुम्हारी हैं।

सपना सुबह जल्दी से नहाधोकर कर तैयार होने लगी।उसके मन मे नीलम को देखने से ज्यादा यस से मिलने की जिज्ञासा ज्यादा हो रही थी।उसे समझ में यह नहीं आ रहा था कि क्या पहनू,जिससे मैं और सुंदर लगू।उसे अपनी सुंदरता पर यकीन नहीं था।वह अपनी सुंदरता को कपड़ों से तुलना कर रही थी।

सपना को मालूम नहीं था की वह जो भी ड्रेस पहनकर निकलेंगी, उससे उन कपड़ों की सोभा बढ़ जाती हैं।वह सोच में थी क्या पहनू।फिर उसने लाल रंग का कुर्ता और जीन्स पैंट का सुंदर ड्रेस पहना।साथ में लाल रंग की चुन्नी डाल ली।उसने अपने बालों को एक बक्कल से बांध लिया था।आंखों में काजल लगा कर जब आईने के सामने गयी तो वह खुद की सुंदरता से सरमा गयी।

कमलेश आया बोला सपना दीदी तैयार हो गई हो तो चलते हैं।

सपना ने बोला:-बस चलते हैं।और वह घर में छोटे से मंदिर में गयी। भगवान से विनती की की यस जरूर मिल जाये।उन्हें मेरा एक बार देखने का मेरा बहुत मन कर रहा है।और उसने माथे पर एक टीका लगाकर बाहर आ गयी।

पिता शिवनरेश जी ने समझाया, की बेटा गाड़ी से आराम से जाना। और वहा सबसे आदर से पेस आना।सभ्यता से सबके गुणों की सराहना होती हैं।फिर दोनों घर से निकल पड़े।

सपना के मन मे सिर्फ एक भाव था।कि यस को देख सके।क्या वो होंगे,क्या मैं उन्हें देख पाऊँगी।वह कहीं किसी काम से गये तो न होंगे।उसके मन मे ख्यालीपुलव पकाती हुई,धीरे धीरे नीलम के गाँव की तरफ़ बढ़ते जा रहे थे।

यस भी सपना के स्वागत के लिए तैयार था।उसकी हर पल सपना के इंतजार में व्यतीत हो रहे थे।हर पल पलकें उस राह की तरफ देखने लगती,जिस रास्ते से सपना को आना था।

अचानक एक बाइक की आवाज़ आयी।यस ने सोचा की सपना आ गयी पर वह दूसरा आदमी था।वह थोड़ा निरास हो गया।तभी दूसरी बाइक में सपना और उसका भाई या गये।

यस ने मुस्कुरा कर उनका स्वागत किया।और बोला अंदर चलिए।

सपना भी यस को देखकर खुश हो गई और मुस्कुरा दिया।फिर सभी लोग अंदर गये।अंदर कुर्सी लगी थी।सामने पानी पीने की व्यवस्था थी।

यस मिठाई लाया और दो गिलास पानी भी।सपना ने बोला पहले हाँथ पैर धोएंगे।कमलेश मिठाई खाकर पानी पीने लगा।

सपना बाथरूम में हाँथ पैर और मुँह धोकर निकाली।और अपने दुप्पटे से मुंह को पोछने लगी।और बोली यस जी आप भी हमारे साथ मिठाई खाइये न।यस बोला आप खाइये हम तो

आपके स्वागत के लिए है।

सपना जिद करने लगी आप भी खायेंगे तभी हम खायेंगे।तब यस ने एक गुलाब जामुन लेकर खा लिया।तब सपना ने भी बड़े आराम से बड़ी सहूलियत से दो पीस मिठाई के खाये।

घर में और कोई नही था।रामखेलावन जी घर के बाहर बरामदे में एक चारपाई डालकर बैठे थे।सारी जिम्मेदारी यस की थी।

फिर सभी मे वार्तालाप शुरू हो गया।यस ने नीलम को भी बुला लिया।नीलम भी सुंदर वस्त्र पहन रखा था।वह भी अति सुंदर लग रही थी।

सपना कुछ ही पलों में नीलम से घुलमिल गयी।वो दोनों दोस्त की तरह बात करने लगे।कमलेश थोड़ा शर्मीला लड़का था।वह सिर्फ उन लोगों की बात सुनकर हस देता।

यस और सपना एक दूसरे को देखकर मुस्कुरा देते फिर पलकें झुका लेते थे ।इस वार्तालाप में कब समय बीत गया कुछ पता नही चला।

यस ने जमीन में पल्ली बिछाकर उनको खाने के लिए कहा।

यस ने कहा चलो खाना का समय हो गया।खाना खा लीजिए।नीलम ने कई प्रकार के स्वादिष्ट व्यंजन पकाये थे।उसने थाली में परोस दिया।

दो थाली सज कर रख दी गयी।कमलेश खाने के लिए बैठ गया।सपना बोली यस जी आप खा लीजिए।मैं नीलम जी के साथ खा लूँगी।

यस ने कहा आप हमारी मेहमान हैं।आप पहले खाइये,पर सपना नही मानी।तब यस को कमलेश के साथ खाना खाना पड़ा।

सपना स्वयं रोटियां लेकर यस को और कमलेश को देती।दाल,फिर लौकी का रायता,फिर दही बड़े,।यस बोला बस कीजिए अब मैं नही खा पाऊँगा,पर सपना ने एक कटोरी खीर यस के सामने रख दिया।

यस बोला सपना जी यह मैं नही खा पाऊँगा।सपना ने कहा कि मेरी इच्छा से आप ये खीर खा लीजिए।वरना मैं आप से बात नही करूँगी।

यस ने कहा:- आप नाराज़ न हो,मैं खा लेता हूँ।फिर यस और कमलेश खाने के बाद हाँथ धो कर बाहर आ गये।कमलेश रामखेलावन जी के पास बैठ गया।

यस ने सपना और नीलम को खाना खिलाने की जिम्मेदारी को पूरी करने लगा।पहले से नीलम ने सभी चीजों को थाली में सजा दी थी ।फिर दोनों बैठ गए।यस ने पानी का गिलास सपना के सामने रख दिया।सपना ने एक घुट पानी का पी लिया।

यस बोला खाने से पहले पानी पियोगी तो खाना क्या खाओगी।

सपना बोली ,:-पानी पीना सेहत के लिए जरूरी है।उसे थोड़ा थोड़ा सभी व्यंजनों को खाया।

यस ने सपना के सामने एक कटोरी खीर की रख दिया और बोला कि इसे पूरा खाना पड़ेगा।सपना ने खीर को बड़े प्यार से खाया।

अब नीलम भी खा चुकी थी।दोनों ने हाँथ धोया।फिर सभी लोग बैठ गए।और बातचीत होने लगी।सपना ने कहा नीलम जी की फ़ोटो खीच लेते हैं।भइया को दिखाने के लिये।

सपना ने अपने मोबाइल में नीलम की चार पाँच फोटो खींच लिया।

फिर यस से बोली:-यस अपने हमारा स्वागत बहुत ही अच्छे से किया है आप अपनी फोटो नही खिचवाएँगे क्या।

यस ने मज़ाकिया अन्दाज में कहा:-कि हम तो चाहते ही है कि कोई हमारी फ़ोटो खीचकर अपने पास रखे। नीलम हस दिया ।सपना सरमा गयी।

सपना ने यस की फ़ोटो अपने मोबाइल में खींच लिया।

यस ने भी कहा _"हमे भी अपनी फोटो दे दो।कभी मन उदास हुआ तो देख लेंगे।"

4

तभी नीलम बोल उठी यस जब मन उदास हो तो सपना से मिलने चले जाना।सपना फिर से सरमा गयी।यस ने अपने मोबाइल में सपना की कई फ़ोटो खींच लिया।

अब कमलेश आ गया बोला हमें चलना चाहिए।नही तो देर हो जाएगी।

रामखेलावन जी भी आ गए थे।बोले ठीक है बेटा।अब सपना जाने की तैयारी करने लगी।

यस ने धीरे से कहा सपना आज तुम हमारी बहन को देखने आई हो ।मौका मिलेगा तो हम भी आपको देखने आयेंगे।सपना फिर से मुस्कुरा दिया।

अब कमलेश और सपना जाने को तैयार थे।

यस का मन भी उदास हो गया।सपना भी उदास हो गयी।कमलेश ने रामखेलावन जी के पैर छुए और गाड़ी में बैठकर गाड़ी स्टार्ट कर दिया।

सपना नीलम के गले मिली और फिर अपने घर के लिए भाई कमलेश के साथ निकल पड़ी।

यस और सपना एक दूसरे को देखते रह गए ।कुछ ही पलों में सपना आँखों से ओझल हो गई।

यस और नीलम ने सारा सामान इक्कठा किया।औरफिर नीलम अपने कामों में व्यस्त हो गयी ।शाम को शिवनरेश जी का फोन आया।बोले कि सपना और कमलेश को भी नीलम बेटी बहुत पसंद है।

सपना जब से नीलम से मिलकर आयी हैं उसके गुणों का बखान ही करती जा रही हैं।

हमे यह रिश्ता मंजूर हैं जल्दी से ,नीलम और प्रवीण की कुंडली देखकर एक शुभलग्न निकलवाई जाए।

रामखेलावन ने कहा ठीक है मैं कल ही पंडित जी से मिलकर बात करता हूँ।

सुबह नहाधोकर रामखेलावन जी पंडित जी के पास गए सारा ब्रतान्त बता दिया।

पंडित जी ने नीलम और प्रवीण की कुंडली देखकर एक शुभलग्न निकाला।

अब शादी की तारीख तीन महीने बाद की निकली थी।

रामखेलावन ने शादी की तारीख यस को बताई।यस भी खुश था।लेकिन तीन महीने सपना को कैसे देख पायेगा।यही सोच रहा।

उधर सपना भी यस से मिलने के लिए तीन महीने का इंतजार करने लगी।धीरे धीरे शादी की तैयारियां होती गयी।हलवाई को बुक कर दिया गया,टेन्ट और लाइट वाले को बुक कर दिया गया।और भी जो जरूरत की सामग्री को समय से बुक कर दिया गया।

शादी के दिन भी धीरे धीरे कम होते गये।काम के साथ साथ यस सपना की फ़ोटो को देखकर समय काटता गया।

सपना भी अपना समय यस की फ़ोटो को देखकर काटती थी।

अभी भी इन दोनों ने एक दूसरे से अपने प्यार का इजहार नही किया था।यस सोचता था शायद मुझे यह गलती फहमी हो कि सपना मुझसे प्यार करती हैं।

यही भावना सपना के भी मन मे आ जाती थी।एक बार सपना ने सोचा कि जब यस से मिलूँगी तो अपने प्यार का इजहार कर दूँगी।

इसी अंतर्मन की भावनाओं में तीन महीना निकल गया।

नीलम और प्रवीण की शादी के दिन नजदीक आ गए।रमेश भी मुंबई से आ गया।

यस और रमेश शादी के समान की खरीदारी करने लगे। शादी से पहले तिलक की सारी व्यवस्था की जाने लगी।

फल,फूल, मिठाई, सुखेमेवे,कपड़े आदि की खरीदारी की गई।आज तिलक ले जाने का भी दिन है।पहले से कई रिस्तेदार को और रमेश के कुछ साथियों को तिलक में जाने का निमंत्रण दे दिया गया था।सभी लोग समय से आ गये।

सब समान लेकर दो गाड़ियों में सभी लोग बैठ कर, शिवनरेश जी मि घर की तरफ रवाना हो गए।

यस फिर से आज खुश था।लगभग तीन महीने के बाद।क्योंकि उसे आज सपना से मिलने का सुअवसर मिलने वाला था।उसने जीन्स पैंट।,एक सुंदर सी सर्ट पहन रखी थी।सर्ट के ऊपर से एक ब्लेजर पहनकर वह बहुत ही स्मार्ट लग रहा था।उसने बॉडी पर परफ्यूम भी डाल लिया था।आज वह कुछ ज्यादा ही स्मार्ट लग रहा था।

लगभग दो घण्टे के बाद गाड़ियां शिवनरेश जी के घर के पास पहुंच गई।सभी लोग गाड़ियों से उतर गए।सभी के बैठने के लिए चारपाई की व्यवस्था की गई थी।और कुर्सियाँ भी रखी गई थी।कुछ लोग चारपाई में बैठ गए,और कुछ कुर्सियों में।

यस कुर्सी में बैठ गया, क्योंकि उसके कपड़ों की इस्त्री न खराब हो।

तब तक सभी लोगों के नाश्ते की व्यवस्था होने लगी।सभी लोगों ने मिठाई खाकर पानी पिया।

अभी यक सपना दिखाई नहीं दिया।वह भी घर के कामों में व्यस्त थी।

तब तक चाय नमकीन आ गयी सभी ने चाय पिया।अब तिलक चढ़ने के समय हो गया।

रमेश और यस के साथ सभी साथी सारा सामान लेकर घर के अंदर गये।जहाँ तिलक का प्रोग्राम होना था।तभी सपना दिखाई दी।यस ने सपना को देखा,और सपना ने यस को।

तभी शिवनरेश जी ने सपना को आवाज लगाई:-सपना बेटी यहाँ आओ यह समान कहा है।सपना सामान देने चली गयी।

अब तिलक चढ़ने लगा।गाँव की औरते तिलक का गीत गाने लगी।सपना भी आकर औरतों के पास बैठ गई।

यस अपनी चोर नजर से सपना को देखने की कोशिश कर रहा था।सपना औरतो के बीच छुपकर यस की उत्सुकता को बढ़ाने की कोशिश कर रही थी।

सपना औरतो के बीच में से यस को देख पा रही थी।अब यस निराश होने लगा।उसका चेहरा मुरझा सा गया।सपना को यह मालूम हो गया।तो उसने यस के सामने आ गयी।फिर से यस का चेहरा खिल उठा।यह सब सपना को आभास हो रहा था।लेकिन दोनों को आपस मे बात करने का मौक़ा नही मिल सका।

दो प्रेमी परिंदे एक दूसरे को निहार रहे थे।आपस मे गुटरगु करना चाहते थे पर सामाजिक मर्यादा ने उन्हें रोक दिया।उनको अपनी इच्छा को मन ने ही दबाना पड़ गया।

अब तिलक का कार्यक्रम समाप्त हो गया।भोज के लिये बुलावा आया गया।

सभी लोग जमीन पर बिछी पल्लीयो पर बैठ गये।पत्तलें,दोना,गिलास दे दी गयी।पानी मिलने के बाद सभी ने पत्तलें धोयी।फिर भोजन बटने लगा।सभी ने जी भर कर खाना खाया।

अब वापस की तैयारी होने लगी।सब अपनी गाड़ियों में बैठने लगे ।यस सपना के दीदार को घर के दरवाजे की तरफ देख रहा था।तभी सपना दरवाजे पर आ गयी,और मुस्कुरा कर यस को विदा किया।यस भी खुश होकर अपने घर की तरफ चल दिया।

तिलक के तीन दिन बाद शादी का दिन हैं।अभी से सारी तैयारियां हो रही थी।हलवाई आ गए हैं।उनका सारा इंतजाम कर दिया गया।जिससे मिठाई बन सके।कई प्रकार की मिठाई बन कर तैयार हो गई।

घर की सजावट भी होने लगी थी।चारो तरफ लाइट और लड़ियाँ लग गयी थी,मण्डप में फूलों की सजावट की गई।सारा इंतजाम अपनी हैसियत भर हो रखा था।

आज शादी का दिन था ,शाम को बारात आना था।जो भी कमी रह गयी थी ,उसमे लोग व्यस्त थे।रिश्ते दार आने लगे है।उनके स्वागत के लिए दो तीन लोग थे जो सभी को नास्ता पानी दे रहे थे।

शाम को बारात का समय हो गया।बारात आ गयी,स्कूल में ही रुकी।बारातियो को नास्ता पानी जल्दी से पहुँचाया गया।यह ध्यान रखा गया कि कोई बाराती को किसी भी चीज कमी न हो।

प्रवीण दूल्हा की पोशाक में बहुत ही सुंदर दिख रहा था।आज उसका एक अलग ही रुतबा हैं।

यस और रमेश सिर्फ प्रवीण के पास आये उनका स्वागत सत्कार करने के लिए।उसके पास सपना भी खड़ी थी।यस तो सपना के स्वागत में लग गया।

यस ने मिठाई लेकर आया और बोला ये लीजिए सपना जी ,यह आपके लिये हैं।

सपना ने बोला हमारे भइया को भी खिलाओ,हम तो बराती हैं।हम तो खा ही लेंगे।और मुस्कुराने लगी।

यस ने बोला :-इनके लिये तो हमारे रमेश भइया ला रहे हैं।

नाश्ता पानी का प्रोग्राम समाप्त हुआ।फिर अगुआंनी का बुलावा हो गया।

डीजे आगे लग गया नाचने वाले लोग नाचने लगे,दूल्हे की गाड़ी पीछे चल दी।फिर वही कोई नागिन डान्स,कोई गज भर पानी,कोई काला कौआ काट खायेगा,लोग नाचते हुए घर की तरफ बढ़ने लगे।

गांव की औरते फिर से दूल्हे को देखने आयी।आज उन्होंने कहा कि नीलम प्रवीण की जोड़ी अब अच्छी है।बिल्कुन सीता राम की जोड़ी से कम नही।

अगुआंनी भी समाप्त हो गयी ।लोग भोजन कर के अपने अपने लिए बिस्तर ढूढ कर सोने लगे।

अब दूल्हे को भी भोजन की तैयारी की गयी।साथ मे उसके कुछ दोस्त थे रमेश उनको खाना खिलाने के जिम्मेदारी ले ली।

सपना और उसके कुछ लड़कियाँ थी जो सपना की सहेलियों थी।सभी को खाना खिलाने की जिम्मेदारी यस की थी।उसने सबको खाना खिलाने लगा।

सपना ने व्यंग कस दिया,क्या बात है यस जी आप ही हमारे स्वागत में हर जगह उपस्थित रहते हो।

यस ने भी बोला:-क्या करे सपना जी,जब तक आप को देख नही लेते।दिल बेचैन रहता हैं।इसलिए आपको देखने के लिए आपका ही काम लेते हैं।जिससे आपके दीदार भी हो जाये,और,,,,,,,,बोलते बोलते यस रह गया।

सपना की सभी सहेलियां हँसने लगी।सपना ने अपनी आँखें नीची कर ली।

यस ने फिर से बोला:-शर्माईये मत सपना जी हम तो आपके सेवक हैं।जरा हमारी तरफ भी देख लीजिए।कब से हम आप के पास खड़े है।

सपना मुस्कुराते हुए बोली :-बस अब कुछ नही चाहिये।

सपना की एक सहेली ने कहा,यस जी आज मौक़ा हैं जी भर कर खिला दो,फिर न जाने कब मौका मिले।

सभी खाना खा चुके,तो यस ने सबके लिये गुलाब जामुन ले आया।सभी की प्लेट में डाल दिया।सबने एक एक खा लिया।दुबारा कोई नही ले रहा था।

यस ने सपना से कहा:-सपना मेरे कहने से एक गुलाब जामुन ले लो । सपना मन गयी |लेकिन सपना ने एक सरत रख दी ,हम दोनों आधा आधा खायेंगे |

यस मान गया फिर दोनों ने ही प्लेट में एक गुलाब जामुन को खाया |

दोनों समधी एक साथ खाना खाये।शिवनरेश जी बहुत खुश थे।कि पुराने रिश्ते को फिर से नए रूप में बनाये रखेंगे।

यस ने कहा -"एक गुलाब जामुन तो और खाना पड़ेगा मेरी तरफ से सपना जी ,वर्ना मै नाराज हो जाऊंगा |"

सपना बोली :-ठीक है पर एक ही देना।अब भूख नही हैं।सभी ने एक एक और गुलाब जामुन खाया फिर हाँथ धोने चली गयी।

रात को दो बजे से शादी का शुभलग्न हैं।सभी इंतजार करने लगे थे।कुछ लोग सो भी गए थे।

यस औऱ रमेश सभी मेहमानों को खाना खिला चुके थे।अब उनको खाना बांकी था।

सपना यह सब देख रही थी।यस ने अपने सहेलियों को बुलाया और यस और रमेश को खाना खिलाने लगी।

सपना बोली आपने हमारा बहुत ध्यान दिया है।हम भी आपको खाना खिलाने आ गए।

यस ने बोल दिया:-खाना खिलाने आयी हो,या हमारे बिना दिल नहीं लग रहा।

सपना ने कहा:-चाहें आप जो समझिए हम तो आपको खाना ही खिलाने आये है।और सभी सहेलिया फिर से हँसने लगी।

5

अब शुभलग्न आ गयी।औरते मंगल गीत गाने लगे।पंडित जी ने सातो फेरो के सात बचन के साथ शादी करवा रहे थे।हर एक बचन के बाद अग्नि का फेरा होता था। धीरे धीरे सभी फेरे कम होते गए और शादी हो गयी।

कलेवा का भी प्रोग्राम की तैयारी हो गयी। जूता चोरी की भी रस्म हो गयी ।सभी लोगों को सुबह का नाश्ता भी हो गया।

अब विदाई का समय आ गया।नीलम पिता के गले लग कर खूब रोई, फिर भाई के, और फिर यस के।नीलम को गाड़ी में बैठा दिया गया है।

ड्राइवर ने गाड़ी को चला दिया औऱ वह बारात के पास रुका।अब बारात भी जाने के लिये तैयार थी।

यस और रमेश सपना के पास गये।और बोले हमारी बहन नीलम का ख्याल रखना।

सपना का भी मन भर आया उसने कहा आप चिन्ता मत कीजिए। हम हैं किसी भी तरह की परेशानी नहीं होने देंगे।

और सपना भी नीलम के पास बैठ गयी।बारात वह से निकल पड़ी।

सभी लोग अपनी गमशीन पलकें के साथ वापस आ गये।

नयी बहु का ससुराल में बहुत अच्छा स्वागत किया जाता है।उसे किसी भी चीज की कमी नही रहती।सपना नीलम का अच्छे से ध्यान रखती हैं।

पन्द्रह दिन बाद रमेश और यस नीलम को लेने आते हैं।अबकी बार यस और सपना का आमना सामना होता है दोनों में खूब नोक झोंक होती हैं।दोनों एक दूसरे से खुलकर मजाक भी करते हैं।लेकिन प्यार का इजहार नही कर पाते।

नीलम अपने मायके आ जाती हैं।उसके ससुराल वाले उसे अपनी बेटी की तरह मानते हैं।वह खुश थी।

यस कभी कभी नीलम से सपना के बार में पूछ लेता।और नीलम जब सपना से बात करती तो वह भी कभी कभी बात कर लेता।

नीलम का गौना हो गया ।और वह फिर से ससुराल चली गयी।

यस कभी नीलम से बात करता तो वह जरूर सपना के बारे में बात करता।पुछता सपना क्या कर रही हैं।मौका मिलता तो बात भी करता था।

बेटी की शादी हो गयी।पर रामखेलावन जी के शिर पर बोझ था।वह एक बात की चिंता में रहते थे।मेरी वजह से महेश का घर बसने से पहले टूट गया।उसकी कितनी बदनामी हुई।

रामखेलावन ने अभी भी महेश की शादी करवाने का फैसला लिया।उनकी नजर में एक लड़की थी।जिसका नाम कविता था।

कविता की शादी के कुछ ही बाद कविता के पति की एक एक्सीडेंट में मौत हो गई थी।तब से वह विधवा का जीवन जी रही थी।

किसी को कविता के नए जीवन की चिंता ही नही थी।कविता रामखेलावन जी के पड़ोसी की बेटी थी।वो भी कविता को अपनी बेटी की तरह ही मानते थे।

रामखेलावन ने कविता के पिता से कविता की शादी के लिए बात की।और महेश के बारे मे बताया।और बोले अच्छा परिवार है बेटी का जीवन भी सवर जाएगा।

कविता के पिता भैरों सिंह को महेश के बारे में पता था।वो शादी करने के लिए मान गये।

रामखेलावन ने भैरों सिंह सिंह से कहा:-एक बार बेटी कविता से पूछ लो।उसकी मंजूरी हैं।

भैरोंसिंह ने उसी समय कविता को महेश के बारे में बताया।और शादी की रॉय पूछा।

कविता ने कहा :-पिता जी आप जैसा चाहे मुझे कोई अप्पति नही है। कविता की मंजूरी पाकर दोनों लोग बहुत खुश हुए।

रामखेलावन अगले ही दिन भैरों सिंह को लेकर महेश के गाँव गये।महेश के घर पहुंचे।राम जोहार किया।

महेश और उसके माता पिता रामखेलावन जी से रूष्ट थे।पर उन्होंने रामखेलावन से बात किया।अब किसलिए आये हैं।जब आप के बेटे को रिश्ता नही मंजूर था तो पहले ही मना कर देते।हमारी जग हसाई तो नही होती।

रामखेलावन जी माफी माँगते हुए बोले,इसी का पश्चाताप करने आया हूँ।

रामखेलावन ने फिर कहा हमारे भैरोंसिंह की एक बेटी हैं।अगर आपको कोई अप्पति न हो तो हम आपके घर की बहू बनाना चाहते हैं।

रामखेलावन जी ने फिर कहा:-हमारी बेटी सुंदर शुसील हैं, उसकी पहले शादी भी हो चुकी थी, पर एक एक्सीडेंट में उसके पति नही रहे। आप उसको अपना लोगे तो उसका भविष्य भी सुधर जायेगा।और उन्होंने कविता की फ़ोटो महेश के पिता को थमा दी।

महेश के पिता ने कहा हमे कल तक का समय दे दीजिए।हम बता देंगे।

रामखेलावन और भैरों सिंह ने उनसे राम जोहार कर के वापस आ गए।

महेश और महेश के पिता ने आपस मे बात विमर्श किया।रामखेलावन एक नेक दिल आदमी हैं तभी तो अपनी गलती की माफी माँगने के लिए आये थे।महेश की माँ थोड़ा गुस्सा कर रही थी पर महेश और उनके पिता के समझने पर वह मान गयी।

महेश के पिता ने महेश लिए कविता से रिश्ता को मंजूरी दे दी।

आब फिर से सारी तैयारीया हुईं।सुभलगन बिचारी गयी।पूरे खुशी और उल्लास के साथ महेश और कविता की शादी हो गयी।

रामखेलावन जी के मन मे जो एक आत्मग्लानि थी वह मिट गयी अब वो बहुत खुश थे।

रमेश की शादी के लिए लड़की वाले आने लगे थे।रामखेलावन ने एक सुंदर लड़की जसका नाम गीता था।रमेश की शादी के लिए लड़की देख ली गयी।

जब रमेश मुम्बई से आया।तो रमेश और यस लड़की देखने गए।गीता के घर वालो ने उन दोनों का स्वागत सत्कार किया।गीता भी सुंदर थी।दोनों को लड़की अच्छी लगी। रमेश ने शादी के लिए हाँ कर दिया।फिर क्या था शादी की तैयारियां होने लगी ।और शादी की शुभलग्न निकली गई।

धूम धाम से रमेश की शादी की तैयारियां हो गयी।शादी के दिन आ गए।नीलम भी आ गयी।शादी के दिन सपना अपने भाई कमलेश के साथ आ गयी।

सारा कार्यक्रम चल रहा था।सभी लोग खा पी रहे थे।कुछ रिश्तेदार आ भी रहे थे।तो कुछ खा पीकर अपने घर वापस भी जा रहे थे।कार्यक्रम बड़े धूमधाम से चल रहा था।

सपना को आये दो घंटे हो गये पर यस कही नही दिखा।तो सपना ने नीलम से पूछ ही लिया:-भाभी यस नही दिख रहे।

नीलम ने कहा:-किसी काम मे ब्यस्त होगा ।अभी आ जायेगा।

सपना अभी भी उतावली हो रही थी।नीलम ने यस को बुला दिया था।

थोड़ी देर में यस आ गया।सपना यस को देखते ही उसके पास गई।

सपना यस से बोली क्या बात है यस ,आज आप हमारा स्वागत नही किया।

यस बोला क्या फायदा सपना, आपसे तो हमे कुछ मिलना जुलना हैं नही।और पास आने से मन मे बेचैनी ही होती है।इसलिए मैं आपके पास नही आया।

सपना ने भी कह दिया आपको क्या चाहिये ,जो माँगोगे वह आज आपको मिलेगा।

यस ने कहा ,"सपना नहीं दो पाओगी"

सपना बोली मांग कर तो देखो आज हम आपकी इच्छा जरुर पूरी करेंगे

यस ने कहा:-आप हमें एक किस दे दो।

सपना सरमा गयी:-शाम का अंधेरा होने वाला था।दोनों कमरे के पास खड़े थे।उस कमरे में बल्ब लगा था।पर अभी लाइट जली नहीं थीं ,हल्की रोशनी आ रही थी।

यस ने सपना का हाँथ पकड़ा और उसके गाल में एक जोर का किश कर दिया।

सपना के गाल पर यस के चुम्बन का निशान पड़ गया।सपना शर्म से लाल हो गयी।उसने अपने दुप्पटे से गाल को ढक लिया।

दोनों को डर लग रहा था।कि किसी को पता न चल जाये।पर कुछ ऐसा हुआ नही।

रमेश की शादी हो गयी बरात भी वापस आ गयी।सभी लोगो ने शादी के दो दिन बाद चित्रकूट जानें का फैसला लिया।

एक रिजर्व गाड़ी बुक की गयी। जिसमे रमेश, उसकी पत्नी गीता,नीलम, यस,सपना थे।

सुबह जल्दी से नहा धोकर चित्रकूट के लिये रवाना हो गए।सपना और यस के मन मे लड्डू फुट रहे थे कि आज हम दोनों अकेले अपने दिल का हाल एक दूसरे से कह पायेंगे।

चित्रकूट पहुचने के बाद सभी लोग गाड़ी से उतर गये।कुछ दूर चल कर कामतानाथ जी का परिक्रमा सुरु होता हैं सभी ने प्रशाद लिया फिर कामतानाथ जी के मंदिर पहुंचे।वहाँ प्रशाद चढ़ाकर कामतानाथ जी के परिक्रमा में कम से कम तीन घण्टे का समय लगता है।भीड़ भी बहुत होती हैं।एक दूसरे का साथ छूटना लाजमी हैं।

सभी ने एक दूसरे को बता दिया था मि अगर कोई आपस मे छूट जाता हैं तो वापस जहाँ प्रसाद लिए है वही मिलेगे।सपना और यस धीरे उन लोगों से अलग हो गए।आज पहली बार उन दोनों को सकून मिला।क्योकि वो दोनों आज अकेले हो गए थे |

सपना यस के साथ चल दिया।दोनों आपस मे बात करते जा रहे थे।

चित्रकूट में बन्दर बहुत ही ज्यादा है।राम भगवान ने चित्रकूट में लगभग बारह साल बिताए थे।सायद हनुमान जी की सेना पूरे चित्रकूट में है।वह लोगों का प्रसाद छीन लेते हैं।

दोनों परिक्रमा करते हुए लक्ष्मण पहाड़ी चले गये।

लक्ष्मण पहाड़ी से ही लक्ष्मण जी सीता माता और प्रभु राम की पहरेदारी करते थे।वहा लोगों का माननना है कि पत्थर के घर बना कर जो दिल से माँगो वह मिल जाता हैं।

यस ने सपना से पूंछा:-सपना उस दिन तुमने मुझे किस करने से क्यों नही रोका।

सपना ने कहा :-अगर मैं आपको रोक देती तो शायद आप दुखी हो जाते इस लिए मै नही रोका।

यस ने कहा सपना मैं तुमसे प्यार करता हूँ।मैं जब पहली बार तुम्हारे घर आया था।तब से तुम्हे देखने को मेरा मन करता रहा।

जब भी मौक़ा मिला मै तुमसे मिलने आ गया।हालांकि सामाजिक डर के कारण मैं तुम्हें अपने प्यार के बारे में बता नही पाया।

यस ने बोला:-सपना मुझे ऐसा लगता है कि तुम हरदम मेरे सामने रहो और मुस्कुराती रहो।

फिर यस और सपना ने मिल कर एक पत्थरों का छोटा सा घर बनाया।और प्रभु से मांगा हमारा प्यार मिल जाये।

उन्होंने ने माँगने में गलती कर दी कि हम जीवन भर के लिये मिल जाये। पर उन्होंने मांगा हमारा प्यार मिल जाये।

यस औए सपना का प्यार मिल ही गया था।दोनों ने आज लक्ष्मण पहाड़ी में अपने प्यार का इजहार भी कर दिया।

फिर थोड़ा रुककर आगे की परिक्रमा करने लगे।फिर दोनों ने चित्रकूट की मशहूर बर्फी खायी और आगे परिक्रमा के लिये बढ़ते गये।

चारो तरफ दुकाने लगी थी सभी लोग कुछ न कुछ खरीददारी कर रहे थे।

यस ने सपना से पूछा:-सपना अपने लिए भी कुछ ले लो।

सपना चूड़ियां देखने लगी।तभी यस ने एक चूड़ी का सेट ले आया और सपना से पूछा यह कैसा रहेगा।

सपना बोली:-यह तो बहुत अच्छी हैं कहा से लिया।यस ने कहा उस सामने वाली दुकान से।

यस ने कहा सपना पहन कर दिखाओ न।सपना ने शर्माते हुए चूड़ाहरी से कहा यह पहना दो।

सपना वह चूड़ियाँ पहन कर बहुत ही सुन्दर लग रही थी।यस सपना को देखकर बहुत खुश था।

तभी रमेश का फोन आया कहा हो यस,सपना तुम्हारे साथ है न।

यस बोला :-हम आ रहे हैं सपना मेरे साथ मे ही है। हम थोड़ा पीछे है थोड़ी देर में पहुंचने वाले हैं।

सपना ने और भी कुछ समान खरीदा ,फिर दोनों चल दिया ।सभी लोग जहाँ प्रसाद खरीदें थे वही मिल गए।सभी लोग अब खाने के लिए एक होटल में गये।वह सभी ने खाना खाया।फिर अपनी गाड़ी की तरफ चल दिये।

अब वापस घर चलने की तैयारी हो गयी।सभी ने गाड़ी में बैठ लिया।और गाड़ी निकल चुकी।

सभी लोग बातों में व्यस्त थे। सपना और यस एक दूसरे को देखने मे व्यस्त थे।सपना अपनी चूड़ियों को खनकाकर यस का ध्यान अपनी तरफ खीच रही थी।यस भी यह सब देखकर मुस्कुरा रहा था।

अब सभी लोग घर पहुच गये।शाम का समय हो गया था।सभी थके हुए थे।घर पहुचने के तत्पश्चात हाथ मुँह धोने के बाद नीलम और सपना ने मिलकर खाना बनाया।और सभी खाना खा कर बिश्राम के लिए चले गए।

6

सपना ने रात को यस के पास फोन किया।पूछा क्या कर रहे हो।यस ने कहा नींद नही आ रही।तुम्हारे बारे में सोच रहा हूँ।खुली आँखों से तुम्हारा ही सपना देख रहा हूँ।यस ने कहा आ जाऊं क्या।सपना ने कहा नही कोई देख लेगा तो बदनामी हो जाएंगी।वो दोनों रात भर बातें करते रहे। सुबह कब हो गयी पता ही नही चला।

यस सुबह ही सपना से मिलने पहुंच गया।चाय नीलम बना चुकी थी। सभी ने चाय पिया।

नीलम ने बताया कि शिवनरेश जी का फोन आया था। वो बोले हैं कि सपना को भेज देने के लिये।यस तुम सपना को फतेहपुर भेज आओ गे क्या।

यस ने कहा ठीक है।कब जाना है।

नीलम ने कहा -"दो घण्टे के बाद, मैं खाना बना देती हूँ।तब तक सपना तैयार हो जाएगी।फिर खाना खाकर निकल जाना।

यस ने कहा-" ठीक है मैं भी तैयार हो कर आ जाता हूँ।यस भी तैयार होने चला गया।जब वापस आया सपना तैयार हो गयी थी।फिर दोनों ने खाना खाया।

नीलम और गीता सपना को घर के बाहर तक छोड़ने आयी।रमेश और रामखेलावन भी थे।किसी का मन नही था कि सपना जाये।सपना का भी मन नही कर रहा था जाने को।पर अतिथि को तो जान ही पड़ता हैं।

सपना को इस बात का शकून था कि वह यस के साथ जा रही हैं।

यस ने गाड़ी स्टार्ट कर दी सपना बैठ गयी ।यस ने गाड़ी चला दी और वो दोनों निकल पड़े।

सपना यस के कंधे पर हाँथ रखें हुए थी।दोनों बातचीत करते जा रहे थे।

यस ने कहा-"सपना अब कब मिलोगी" तुम्हारे बिना तो दिल नही लगेगा।जब भी मौक़ा मिले तो फोन जरूर करना।

सपना ने कहा-" ठीक है आप भी फोन करोगें न।"

यस ने कहा अब तो फोन का ही सहारा हैं।उसी से बातचीत करके मन को तसल्ली दिया करेंगे।

बातचीत में कब सफ़र का रास्ता समाप्त हो गया पता ही नही चला।सपना का गांव आ गया।दोनों अब घर पहुँच गये।घर मे सभी लोग थे।दोनों गाड़ी से नीचे उतर कर घर के अन्दर

गये।

यस ने शिवनरेश और प्रवीण के पैर छुये।फिर यस उन्ही के पास बैठ गया।

सपना अपना समान रखकर जल्दी से चाय बना कर ले आयी।सभी लोग चाय पीने लगे।

कुछ देर रुकने के बाद यस ने कहा,अंकल जी मै चलता हूँ।

तभी शिवनरेश जी ने कहा रामखेलावन जी से कह देना की नीलम को जल्दी भेजा देंगे।अब काम बहुत है।

यस ने कहा,ठीक है अंकल जी मैं चलता हूँ।यसने उनके पैर छुये और वहाँ से निकल पड़ा।तब तक सपना पानी भरने की बाल्टी लेकर उसके सामने आ गयी थी।यस ने सपना को देखा और फिर कुछ बोले बिना निकल लिया।

यस घर पहुंचा ही था कि सपना का फोन आ गया।बोली आप पहुंच गए है क्या।पता करने के लिये फोन किया है।

यस ने कहा हाँ पहुंच गया।सही समय पर फोन किया है तुमने।अब कपड़े बदलने जा रहा हूँ।

सपना ने पूछा नीलम भाभी को आप ही भेजने आना।

यस ने बोला-"क्यू हो सकता हैं रमेश आये।

सपना ने कहा-"आप आओगें तो मुझे बहुत खुशी होगी।

यस ने कहा-"ठीक है मैं कोशिश करूंगा।मेरा भी दिल तुमसे मिलने को कर रहा हैं।फिर यस ने कहा अभी थोड़ी देर बाद बात करूँगा।अभी थोड़ा काम कर लेता हूँ।

अब नीलम को उसके ससुराल जाना था।तो रमेश को कोई काम था।इसलिए यस को ही नीलम को भेजने जाने के लिए रमेश ने कहा।

यस ने कहा :- ठीक है मैं नीलम को भेजने चला जाऊंगा।

नीलम सुबह तैयार हो गई।यस भी तैयार को कर आ गया।उसने अपनी बाइक से नीलम को छोड़ने गया।जब वह सपना के घर पहुंचा तो घर में सिर्फ सपना थी।

सपना यस को देखकर बहुत खुश हुई।यस भी बहुत खुश था।

सपना ने चाय नास्ते का इंतजाम किया।यस ने चाय पिया।फिर दोनों बात चीत करने लगे।नीलम अपने कपड़े बदलने लगी।घर पर कोई नहीं था।तो यस ने सपना का हाँथ पकड़ लिया और उसे किस कर दिया।सपना सरमा गई।

सपना ने बोला सिर्फ इतने से ही काम चलेगा या और भी कुछ आगे की सोचा है।

यस ने बोला:-"और आगेकी क्या".

सपना ने कहा:-"अपनी शादी की बात करो न।

यस ने कहा अभी समय ठीक नही है।मौक़ा आने पर कर लूंगा। तब तक नीलम आ गयी।

यस ने कहा नीलम दीदी मैं चलता हूँ।

नीलम ने कहा आज रुक जा यस कल चले जाना।पर यस ने कहा मुझे काम बहुत है मैं चलता हूँ फिर कभी रुकूँगा।

सपना ने कहा खाना बना है खा कर तो जाओ।

यस बोला अभी भूख नही है।फिर किसी दिन आऊँगा तब जरूर खा कर के जाऊँगा। यस बाहर निकला।तो सपना और नीलम उसे भेजने आ गये।

यस ने अपनी बाइक स्टार्ट की और अपने घर की तरफ़ निकल पड़ा।

समय बीतता गया।यस और सपना का प्रेम अब परवान चढ़ रहा था।दोनों रात रात भर फोन पर बात करते थे।जब भी समय मिलता तो यस नीलम के यहाँ किसी भी बहाने से आ जाता सपना से मिलने के लिये।लेकिन किसी को उन दोनों के प्यार की भनक भी नहीं भी नही लगी।

सपना की बड़ी बहन आस्था के बेटे का जन्म दिवस था।सपना वहां गयी थी।वहाँ पर एक लड़का जों आस्था का रिश्तेदार था।उसका नाम योगेश था।उसने सपना को देखा। वह सपना की सुंदरता पे मोहित हो गया।सपना की खूबसूरती, रहन सहन का तौर तरीका।,बात करने की स्टाइल उसे बहुत पसंद आ गई ।उसने आस्था से पूछा भाभी ये कौन हैं।

आस्था ने कहा यह मेरी छोटी बहन सपना हैं।

योगेश बोला इससे पहले तो कभी नही दिखी।

आस्था ने कहा-"तुम ही नही आये हो ,अपने काम मे व्यस्त रहते हो।सपना तो हर काम मे यहाँ आती हैं।

योगेश एक हट्टा कट्टा नौजवान था।सुंदर शुशील था।वह इलाहाबाद में रहता था।और एक चार पहिया वाहन का चालक था।उसने अपनी स्वयम कि गाड़ी खरीद रखी थी।उसी को चलता था। जिससे उसकी कमाई काफी हो जाती थी।उसी से उसका जीवन खुशहाली से व्यतीत हो रही थीं।

योगेश की सिर्फ माँ और एक छोटा भाई थे।बहन की शादी हो गयी थी।अब उसे अपनी और छोटे भाई को पढ़ाने की जिम्मेदारी थी।

योगेश ने आस्था से कहा:-"भाभी सपना से मेरी शादी करवा दो।

आस्था को योगेश की बात जम गयीं।योगेश का घर परिवार भी आस्था ने देख रखा था। उसके पास जमीन थी ठीक ठाक थी।और वह स्वयं भी कमाई करता था।

आस्था ने योगेश से कहा:-"ठीक है मैं पिता जी से बात करूँगी।

अभी तक सपना इन सभी बातों से अनजान थी कि योगेश उससे शादी करने का मन कर रहा है।

दो दिन बात सपना अपने घर आ गयी।आस्था ने पिता शिवनरेश को योगेश की सारी बात बता दी।शिवनरेश जी ने बोले अगर योगश का घर परिवार अच्छा है तो हमे कोई आपत्ति नही है।उनसे कह दो जब चाहे सपना को देख जाये।

दो दिन बाद ही योगेश उसकी माँ और छोटा भाई सपना को देखने आ गये।जब सपना को पता चला तो उसके पैरों तले से जमीन खिशक गयी।

घर मे पहले से सारा इंतजाम हो रखा था।सपना को नीलम ने तैयार किया, वह और भी सुंदर लग रही थी।फिर चाय का ट्रे हाथ मे लेकर वह मन को मार कर योगेश के सामने गयी।

सभी लोगों को सपना बहुत पसंद आयी।उन लोगों ने उसी समय शादी के लिए हाँ कर दिया।

जब वो लोग चले गए तो सपना ने यस को फोन करके सारी बात बताई।और रोने लगी।

यस ने कहा सपना रोने से काम नही चलेगा।मैं नीलम से बात करता हु की मैं और सपना प्यार करते हैं।हम दोनों शादी करना चाहते हैं।

सपना ने बोला कि अब बात करने से पिता जी को बहुत दुख होगा।उन्हें समाज मे कितनी व्यजती सहनी पड़ेंगी।अगर हम लोग समय रहते बात करते तो किसी को कोई बात भी न पता चलती और कुछ हो भी सकता था।और तो और नीलम का भी विश्वास तुमसे उठ जाएगा।वो बोलेंगी की मेरा भाई था हर बात को आपस मे बताते थे।पर इतनी बड़ी बात को क्यों छिपाया।अब जो हो रहा हैं उसे होने दो।यही हमारी किस्मत हैं।

यस सपना की हर बात को सुनता रहा।वह भी दुखी था।उसके भी आँखों मे आँसू आ गये थे।वह जो सपना देख रहा था आज वह सपना उसका टूट गया।

फिर भी समय था अगर दोनों हिम्मत करते तो शायद बात बन जाती।लेकिन उन्होंने अपनी खुशी के लिए अपनो का दिल दुखाना गलत समझा।

अब सपना की शादी की लगन भी निकल गयी।शादी की तैयारियां होने लगी ।शादी के दिन नजदीक आने लगे।लेकिन यस और सपना के बीच बातों का शिलशिला चलता ही रहा |

सपना ने यस से कहा शादी के लिए हाँथो में मेहदी लगवाने ब्यूटीपार्लर मैं आपके साथ ही चलाऊंगी।

यस ने कहा :-"सब लोग क्या कहेंगे।मुझे तो यह ठीक नहीं लग रहा।

सपना ने कहा मैं घर मे बात कर लूँगी, इतना तो उन्हें मेरी बात माननी पड़ेगी।कल समय से आप आ जाना।कल ही मेंहदी लगाने चलना है

दो दिन के बाद सपना की शादी थी।उसने सब को मना लिया था कि कल मेहँदी लगाने यस के साथ जाना है।घर वाले भी मन गये।

अगले दिन यस लगभग सुबह दस बजे आ गया।यस ने सभी के पैर छुए।

सपना तैयार होकर यस का इंतजार कर रही थी।यस के आते ही वह अपना पन दिखाते हुए बोली इतना देर क्यों कर दिये।

यस बोला :-"थोड़ा बहुत कम था उसे निपटा कर आया हूँ।

फिर सपना पानी का गिलास और एक प्लेट में कुछ मिठाई ले आयी।यस ने थोड़ा सा मिठाई खाकर पानी पिया।और सपना से बोला चले।

सपना तैयार थी ही उसने पिता से पूछा :-"पिता जी मैं यस के साथ मेहँदी लगवाने जा रही हूँ, पिता शिवनरेश ने अनुमति दे दीं।

अब यस और सपना अपनी बाइक से निकल पड़े।जहाँ ब्यूटीपार्लर हैं वह घर से काफी दूर पर था।लगभग पन्द्रह किमी की दूरी पर एक कस्बा था वही पर ब्यूटीपार्लर था।

रास्ते मे जाते हुए सपना यस के कन्धे पर हाथ रख दिया था।यस बोला सपना यह क्या कर रही हो।

सपना ने कहा आज हम इस तरह शायद अंतिम बार मिल रहे है।कल से मैं किसी और कि जो जाऊँगी।मुझे आज अपना प्यार भरा जीवन जी लेने दो।ये जो दिन आज के हैं, कल भी मेरे साथ होगे पर कैसे होंगे इसका मुझे आभास नही हैं।

अब गाड़ी ब्यूटीपार्लर के पास पहुंच चुकी थी।यस और सपना अंदर गये।कई लड़कियां जो कि लड़कियों का ही मेकअप करती थी अपने काम मे लगी थी।एक लड़की ने सपना के हाँथो में मेहँदी लगाने लगी।

फिर सारा मेकअप के काम मे लग गयी।इन सारे काम मे बहुत समय लगा ।शाम होने लगी तब जाकर सपना ब्यूटीपार्लर से बाहर आयी।यस इंतजार कर के थक चुका था।सपना को बाहर देख कर कहा आ गयी ,सपना मैंने सोचा कि आज रात भर सजोगी।

7

सपना के हाँथ मेहँदी से भरे हुए थे।उसका चेहरा खिल रहा था।आँखों की आइब्रो सेट की हुई थी।शाम होने ही लगी थी।

यस बोला चले,सपना ने हाँ में मंजूरी दे दी।

पूरा दिन हो गया था दोनों ने कुछ खाया नही था।यस ने सपना से कहा:-"सपना कुछ खा ले तो चलते हैं।"

सपना बोली मुझे भी भूख लगी है।चलो समोसा खाते हैं।दोनों एक समोसे वाले के दुकान गये और फिर एक टेबल पर बैठ गए।

यस ने दो प्लेट समोसा का ऑर्डर दिया। दो प्लेट समोसा आ गए समोसा बहुत गर्म थे इसलिए उन्हें खाने में बहुत समय लगा।

फिर दोनों सपना के गाँव की तरफ चल दिये।शाम होने लगी थी।

यस ने सपना से कहा"सपना आज के बाद हम तुम इस तरह कभी नही मिल पाएंगे।आज कोई निशानी दो न।

सपना ने कहा क्या निशानी चाहिए यस।

यस ने कहा जो तुम चाहो।रास्ते मे एक मंदिर था।जिसमें शाम को लोगों की भीड़ कम हो जाती थी।सपना और यस वही गये।दोनों ने मंदिर में भगवान को प्रणाम किया।और यादगार के लिए फोटो खिंचे।

सपना ने यस से कहा की यस हम कही भाग चलते है |वही शादी कर लेंगे |

लेकिन यस ने कहा हमारे भाग जाने से हम तीनो के परिवार वालो का क्या होगा सपना यह कभी सोचा है |वो लोग हमें कभी माफ़ नहीं कर पाएंगे |

जब लोग उन्हें ताना देंगे की आपकी बेटी ने तो आपकी नक् कटा दी |आज क्या जरूरत थी उस लड़के के साथ अपनी बेटी सपना को भेजने की |तो वह क्या जवाब दे पयेगे |

उन्होंने हम पर विश्वाश किया है हमे उन का विश्वाश नहीं तोडना चाहिए |

यस ने कहा मेरी निशानी यही हैं।सपना ने यस को गले लगा लिया और उसकी आँखों मे आँसू आ गये।दोनों के मन मे जो उतार चढ़ाव हो रहे थे।कही भाग चले।फिर घर वालो ,पिता और भाई,बहन की इज्ज़त।समाज के ताने उन्हें यह सब करने से रोक लिया।

यस ने कहा सपना जो नशीब में हैं वही होगा,चाहे लाख कोशिश कर ले।समय रहते हम घर वालो से बात करते हो शायद बात बन जाती पर अब नही।अपने आप को दुखी मत करो वरना मैं भी रो दूँगा।क्या यही निशानी मुझे दोगी।

यस की इस बात से सपना थोड़ा सा हँसने लगी।

यस बोला सपना जब मुझे तुम्हारी याद आएगी तो क्या मैं तुमसे बात कर सकूंगा।तुम्हारी अनुमति हैं कि नही।

सपना ने कहा क्यो नही आप जब चाहो हम बात करेंगें।इसमें हर्ज ही क्या है।क्या शादी के बाद मुझे तुमसे बात करने का भी अधिकार नही रहेगा।

यस ने कहा क्यो नही बस मैं तुम्हारी रॉय जान रहा था।

कुछ देर के बाद दोनों घर के लिए निकल पड़े।क्योंकि रात होने लगीं थी।यस ने सपना को घर मे छोड़ कर अपने गांव के लिये निकल पड़ा।

आज उसे बहुत दुख हो रहा था।कि समय से मैं बात कर लेता तो सपना मेरी होती।फिर मन ही मन अपने आप को समझता कि किस्मत के आगे किसका जोर चलता हैं।इसी कसमकस और सोच विचार में दुखी मन से वह अपने गांव पहुंचा।आज वह बिना खाना खाये ही सो गया।

आज सपना की शादी का दिन है।सभी रिस्तेदार आ गये।सपना चारो तरफ यस को ही देख रही थी।पर उसे यस कही नही दिखा।तब जाकर सपना ने यस को फोन किया।यस कहा हो,आप नही आओगें तो मैं तुमसे फिर कभी नही बात करूंगी।

यस ने उदास मन से कहा सपना चिन्ता मत करो मैं शाम को पहुँच जाऊँगा।

शाम को यस जब सपना के यह जा रहा था।तो उसने बियर की पांच बोतले खरीदी। और गाड़ी की दिग्गी में डाल कर ले गया। वह पहुंच कर पहले सपना से मिला। और बाद में सभी लोगों से।

अब बारात सपना के गाँव पहुंच चुकी थी।बारात का स्वागत हो रहा था।यस को योगेश से से ईर्ष्या हो रही थी।पर उसने मन मे ही सोचा सब अपनी अपनी किस्मत हैं।

सारी बारात नास्ता पानी कर चुकी थी।अब अगुआंनी की तैयारी हो रही थी।डीजे और नाच गाने के साथ बारात अगुआंनी के लिए घर की तरफ चल दी।बैंड बाजा भी पीछे से अपनी धुन में चल दिया।सभी बराती खुश होकर नाच रहे थे।

आज कल बारातियों का एक फैशन हैं कि बारात में तभी नाचेंगे,जब दारू गले के नीचे जाएगी तभी कदम उठते हैं।वरना बिना शुरूर के नाचने में मजा नही आता हैं।डीजे वाले ने गाना लगा दिया आज मेरे यार की शादी है।सभी बरती झूम उठे,कोई गिर रहा तो कोई नागिन डान्स कर रहा।

एक तरफ यस यह नजारा देख कर दुखी हो रहा।फिर उसने अकेले में गया।और एक बियर चढ़ा दिया।अब उसका गम और बढ़ने लगा।न वह रो सकता था।न ही किसी से कह सकता था।थोड़ा इधर उधर घूमता रहा।

तभी सपना का फोन आ गया।सपना ने पूछा कहा हो।यस ने कहा बाहर हूँ।सपना बोली आ जाओ मेरे पास।यस गया तो सपना ने देखा कि यस के कदम लड़खड़ा रहे है।तो उसने कहा कि यस दारू पिये हो क्या।

यस ने कहा नही।सपना ने कहा फिर आँखे क्यों लाल हैं।और कदम क्यों डगमगा रहे है।

यस ने कहा "ऐसे ही।तब तक जयमाल के लिए सपना को बुलाया जाने लगा। सपना ने यस से कहा आप मेरी शादी के फेरों में मेरे सामने रहेंगे तो मुझे अच्छा लगेगा।

सपना लहँगा में बहुत ही सुंदर दिख रही थी।उसके साथ उसकी सहेलिया भी सज धज कर तैयार थी जयमाल में जाने को ।

यस से यह सब देखकर और नही रहा गया।वह बाहर आया। और एक बीयर फिर से पी लिया।

एक तरफ सपना का जयमाल हुआ।दूसरी तरफ यस नशे में होता चला गया।

अब खाना खाने के लिए यस को रमेश ढूढ़ने लगा।यस मिला तो वह नशे में धुत था। रमेश ने उसे खाना खिलाया।

रात में जब सपना के शादी के सातों फेरे हो रहे थे।तो यस भी सामने बैठा था।

यस का ये ऐसा प्रेम था कि न तो किसी को कह सकता था।सिर्फ गम को भुलाने के लिये बियर का सहारा ही उसने लिया।शादी सम्पन्न हो गयी।

सुबह अब विदाई का भी समय आ गया।यज़ हर मौके पर शामिल रहा।सपना पिता,भाई, बहन,भाभी के कंधे पर शिर रख कर बहुत रोई।फिर विदाई हो गयी।

यस भी उदास होकर देर वहाँ रुका फिर अपने गाँव आ गया।अब यस के पास सपना को भूलने के सिवा कुछ नही बचा था।वह उसको भूलने की कोशिश करने लगा।

सपना के ससुराल वाले बहुत अच्छे लोग थे।वहाँ सभी लोग सपना का बहुत अच्छे से ख्याल रखते थे।खासकर योगेश सपना के साथ खुश रखता था।सपना भी उन सभी लोगों के बीच घुलमिल गयी थी।सिर्फ कभी कभी उसे यस की याद आ जाती थी।

सपना अकेले में कभी कभी रो लेती थी |उसे यस के साथ बिताये दिन याद आ जाते थे |तो वह कभी अपने किस्मत को कोशती थी |तो कभी किस्मत का खेल समझ कर यस को भूलने की कोशिश करती थी |

सपना ससुराल में लगभग दो हफ्ते रही।फिर उसके बाद उसके भाई उसे लेने आ गये।सपना जब मायके गयी तो बहुत खुश थी।उसका जीवन साथी उसका बहुत ख्याल रखता था।

इस बीच में यस ने सपना से कभी बात नही की।अब मायके में आकर सपना ही यस से उसका हाल पता ले लेती थी।

यस एक दिन नीलम के यहाँ सपना से मिलने आ गया |यस ने सपना से उसका हाल पूछा तो सपना ने यस सारा हल बयां कर दिया |

सपना ने बताया की मेरे पति मेरा बहुत ख्याल रखते है|मेरी सासु माँ भी मेरा बहुत ख्याल रखती है|वह मुझे किसी भी चीज की कमी नहीं महसूस होने देते है |

फिर दोनों बात करते करते रो पड़े |फिर दोनों ने आशुं पोछा |यस ने सपना से कहा तुम खुश हो तो मई भी खुश हूँ |

अब मुझे जाने की अनुमति चाहिए सपना|

सपना ने कहा', रुक जाओ बाद में चले जाना |"

यस ने कहा ,"सपना तुम खुश हो मई यही जानने आया था |अब मुझे मत रोको |

सपना ने यस को जाने की अनुमति दे दी |यस वहा से चला गया|

कुछ दिन बाद योगेश सपना को लिवाने आया।सपना के घर वालो ने योगेश का स्वागत किया।योगेश शादी के बाद पहली बार ससुराल आया था।तो इसके स्वागत सत्कार में कोई कमी नही की गयी ।

योगेश ससुराल के स्वागत से बहुत खुश था |वह सपना के तैयार होने का इंतजार करने लगा |

सपना अब तैयार हो गयी थी।पिता भाई, भाभी ने उसे फिर नई दुल्हन की विदाई की।सपना के आँखों में फिर से आशू थे आआआ|योगेश अपनी बाइक में सपना को बैठा लिया और वहां से निकल पड़ा। योगेश सपना को लेकर जा रहा था।दोनों आपस मे बात कर रहे थे।कि सामने से एक गाड़ी के ड्राइवर ने अपना आपा खो दिया।और वह सीधे योगेश के गाड़ी में टक्कर मार दिया |योगेश और सपना का एक्सीडेंट हो गया।दोनों जख्मी हो गये।

योगेश को तो कम चोट आई पर सपना को बहुत चोट आयी।

सपना का शिर फट गया था |सपना को कई दिनों तक होश नहीं आया |जिस दिन यस सपना को देखने आया और सपना का नाम लेकर उसे पुकारा ,"सपना"

सपना ने आँखे खोल दी |और बोली यस तुम आ गए |

सपना का इलाज लगभग एक महीने तक चला।तब जाकर उसकी हालत में सुधार आयी।

यस इस एक महीने अस्पताल में सपना की देखरेख में लगा रहा |जब सपना का अस्पताल से डिस्चार्ज हुआ |तो सपना ने उसी चंचल स्वभाव से पूछा यस आप ठीक तो है।

यस ने कहा _"मैं ठीक हूँ।"

"आप भी जल्दी से ठीक हो जाओ"_ यश ने सपना से कहा|"

डॉक्टर ने योगेश से कहा की अब आप सपना को ले जा सकते है।अब वो ठीक हो जाएगी।सिर्फ उसका अच्छे से ध्यान देना।कुछ ही दिनों में वह पहले जैसी हो जाएगी।

घर में सभी लोग सपना का इंतजार कर रहे थे जब उन्होंने सपना को देखा तो पुरापरिवार खुश था |

सपना अब अपने पति के साथ खुशहाल जीवन यापन कर रही हैं।

अब यस की भी शादी होने वाली हैं।वह सपना को भुला दिया है।और नये जीवन की सुरुआत करने जा रहा हैं।

लेखक का परिचय

वैसे तो इनका कोई खास परिचय नही है | परिचय तो विख्यात लोगों का होता हैं |और विख्यात तो इन्हें पाठक लोग यानि आप लोग बना सकते हैं |मैं इनके बारे में इतना बताता चलूँ की ये यूपी बोर्ड से बारवीं करने के बाद बुंदेलखंड यूनिवार्सिटी से बीएसी करके देश सेवा में कार्यरत है|लिखने का चरस अचानक इनके दिमाग की उग आया इसलिए माथा पच्ची करते हुए यह उपन्यास लिख डाले|

Enter Caption

लेखक का परिचय

www.ingramcontent.com/pod-product-compliance
Lightning Source LLC
LaVergne TN
LVHW090433210926
848480LV00002B/805
* 9 7 8 1 6 3 7 8 1 0 3 0 9 *